JN065420

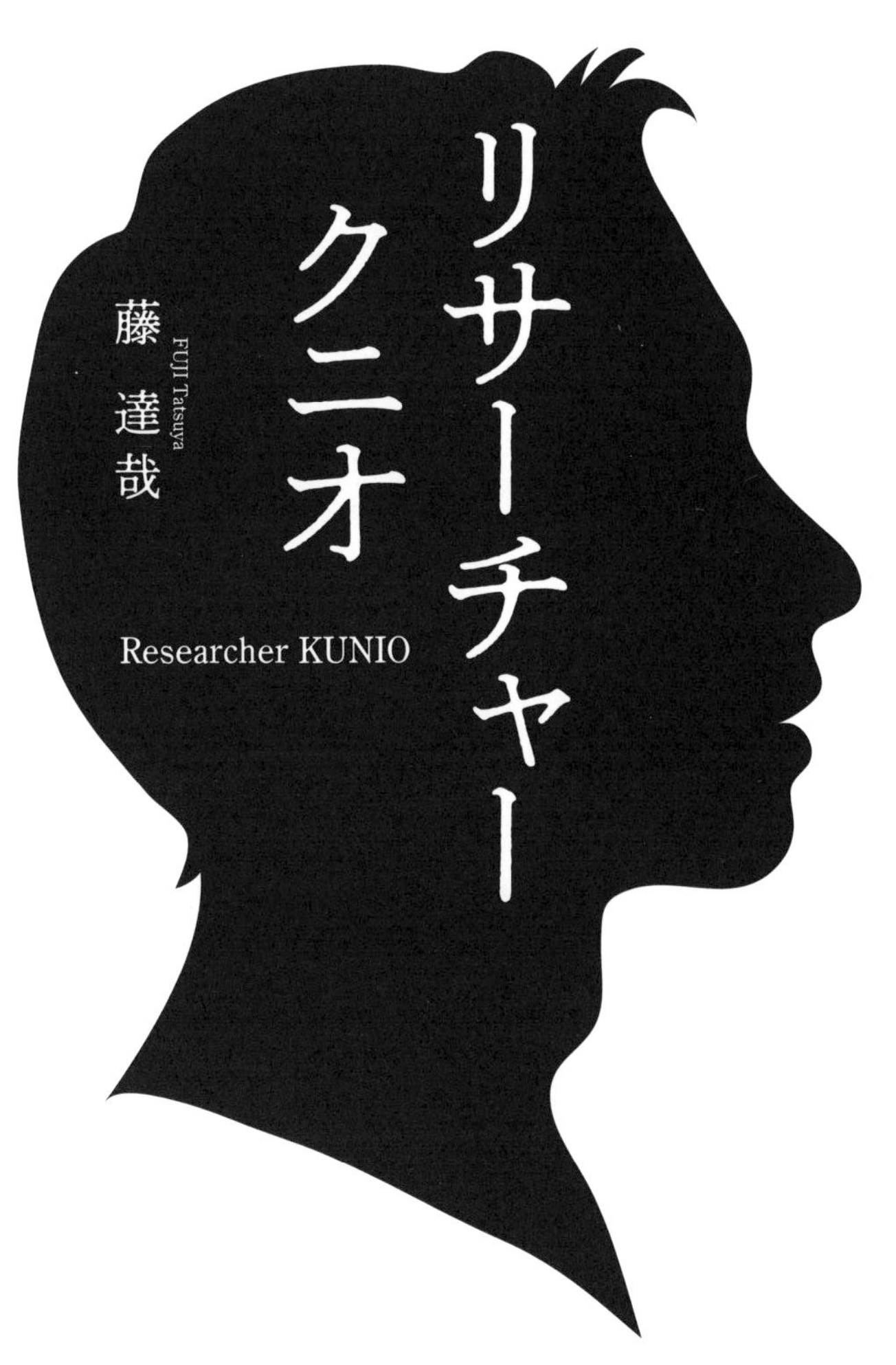

文芸社

1

オフィスは代官山の坂道を登りきった旧朝倉家住宅の裏にあった。小振りのビルに懸かった看板の文字は「リサーチオフィス」と読めた。古びた三階建てのビルに出入りする人は多くはなかった。

「おはよー」

クニオがドアを開け、オフィスに入ってきた。

「せんせ、早くないですよ、もう十時ですよ」

アシスタントの繭子が返した。

「うん、あっ、もうそんな時間か、道が混んでてね」

「もー、またそんなこと言って」

彼女はクニオをかるく睨んだ。

「うーん、これこれ、これがないと眼が醒めないんだな。なんていうコーヒーかな?」

クニオはいつもどおり彼女が淹れた濃いめのコーヒーをひと口飲んだ。

「ブルーマウンテン、高いんですよ」

彼女は微笑んで答えた。

電話が鳴った。

「はい、リサーチオフィスです」

彼女が出た。

「所長をお願いします」

低いくぐもった声だった。

「せんせ、ご指名ですよ」

「お電話替わりました、所長のクニオです」

クニオが受話器を耳に当てた。

「ある人物を捜して欲しい」

「ありがとうございます、それでは詳細をお伺いしたいので、一度こちらに来て頂けますか？」

「この調査は内密にしてもらいたいので、姿を見せるわけにはいかない。必要な情報はメールで送るから見てくれ。足りない情報があったら言ってくれ」

「分かりました。それで、調査料金ですが……」

「金はいくらかかってもいい、後で請求してくれ」

「わ、分かりました。お名前は？」

「アビスとでもしておいてくれ」

電話は切れた。

「なーんだ、変な依頼だな」

「どんな案件でしたの」

繭子が訊いた。

「うーん、人捜しだけど、なんだかはっきりしないね」

「でも、久しぶりの依頼でしょ。せんせ、すぐに取りかかってくださいね」

「うむ。おっ、メールが来たぞ」

「なんのメールですか？」

「さっきの依頼人、アビスと呼んでくれって言ってたけど、リサーチ対象の情報を送るって言ってたんだ」

〈調査相手：白川次郎
年齢　　：三十代後半
出身地　：九州地方
住所　　：不詳
親類縁者：不詳
出身大学：エディンバラ大学文学部考古学科卒〉

「あらー、この人、イギリスの大学出てるのね」

彼女がメールを見て声を上げた。

「どういう意味だい？」

「だって、留学ってお金かかるでしょ。お金持ちじゃないと行けないわ」

「そう言えばそうだね。そうすると、貧乏人は対象外だね」

「だけど、これだけの情報じゃ相手を絞り込めないわ」

「これだけしかないんだから、仕方ないだろう」

「そうですね、どこから始めます？」

「まずは、大学の同級生あたりかな」

「頑張ってくださいね」

ショートヘアで小顔の繭子が細身の身体を揺らした。

《僕と同じ世代だな。久々に来た仕事に飛びついたけど、やっかいなことになりそうだな。やれやれ》

クニオが窓の向こうに眼をやると、なだらかな斜面の遥か彼方に高層マンションが建ち並んでいた。

日本在住の白川と同世代のエディンバラ大学の卒業生に、クニオは白川の動静を尋ね回ったが、彼を知る卒業生はいなかった。

クニオは最後に残った大学ＯＢと恵比寿のカフェで会っていた。

「ＯＢの白川さんをご存じですか」

クニオが口を開いた。

「名前は聞いたことがありますが、面識はありません」

「会ったことがない？」

「ええ、たしか彼は私より一年先に卒業したんじゃないかな。学年が違えば顔を会わせるとは限りませんからね」

「彼のその後の消息は分かりませんか？」

「たしか、帰国してどこかの会社に就職したとか聞きましたけど、確かなことは知りません」

「そうですか」

クニオは肩を落とした。

「彼を捜したければ、その年の卒業生名簿を見ればいいんじゃないですか？　もっとも大学は部外者に名簿は見せないかもしれませんね、最近は個人情報保護がうるさいから」

クニオはＯＢに礼を言って別れを告げ、恵比寿駅に歩みを進めた。午後の駅頭は急ぎ足の人たちで混み合っていた。

《白川という男を知っている者が見つからない。彼は友人が少ないのかな。出入国履歴が

分かれば手間が省けるんだが、それは難しいだろう》

「おはようございます。あら、今日は早いんですね」

藺子はピュアホワイトのワンピースでオフィスに入って来た。ワンピースから細い手足がするりと伸び、彼女は輝いて見えた。

「おや、夏みたいだね」

クニオが返した。

「せんせ、五月ですよ。ファッションはもう夏なんです」

「そういうもんかな」

「どうだったんですか、ＯＢの方と会ったんでしょう」

「そうなんだけど、彼は白川のことは直接知らなかったよ」

「そうですか、手懸かりが掴めませんね」

「そうだね、なにか次の手を考えないとな」

彼の表情が曇った。

そのとき電話が鳴った。

「はい、リサーチオフィスです」

藺子が電話をとった。

「あの、そちらはいろいろ捜してもらえるんですよね」

中年の女性の声だった。

「はい、お捜ししますが、どのような人物でしょうか」

「捜してもらいたいのは人間じゃないんです」

「えっ、なんですって？」

「うちのカピバラがいなくなったんです」

「カピバラ？」

「ええ、ずっと可愛がってたのに昨日からいないんです。小屋から出て行ってしまったんです」

「あのー、私どもは人間の捜索しかしませんので」

彼女は勢いよく受話器を置いた。

「なんだって？」

「カピバラがいなくなって捜して欲しいんですって、まったくバカにしてるわ」

「ふっ、ふっ、面白い。カピバラ飼ってる人もいるんだ」
「せんせ、笑ってる場合じゃありませんよ」
「まあ、そう言うなよ、次の手を考えよう」

《彼は留学していたんだ。そうすると留学斡旋業者が関わっていたかもしれない。その線を当たってみるか》

カピバラと聞いて、一瞬、クニオの頭に過去の記憶が蘇った。

小学生の彼は、クリスと名づけられた猟犬のセッターを連れて丘に登る道を辿っていた。リードを外した大型の猟犬と小柄な少年が並んで歩いている姿は奇妙に見えた。白い毛に黒い斑紋のある猟犬は、留守がちの父親がクニオの寂しさを慮(おもんぱか)って彼に買い与えたものだった。

丘は緑の灌木と下草に蔽われ、頂上にはヒマラヤ杉の巨木があり、憩いを求めて来る訪問者に踏み固められた一筋の道を見下ろしていた。巨木の下に設(しつら)えられた古びた木製のベンチにクニオが座ると、クリスもベンチ脇に大人しく座った。

眼下には紺碧に煌く静かな海が一望できた。彼が気に入っている風景で、学校帰りに丘に登っては飽きずに鏡のような海を眺めていた。そんなとき、連れ立ったクリスも彼に寄り添いながら海を見ていた。

クリスが何かを見つけたのか、突如、勢いよく駆け始めた。

「クリス！」

彼は後を追ったが、クリスは一瞬にして灌木の林の中に姿を消した。腰をかがめ、暫く林の中を窺ってみたが、戻ってくる気配がなく、彼はまたベンチに腰を下ろした。空と海が交わる遥か彼方の水平線を眺めていると、広げた両腕が翼となり身体がふわりと浮かび、そのまま飛んで行けるような気分になっていった。

陶然としている彼が、林から戻ってきたクリスを見て驚いた。クリスは薄茶色の野鼠をくわえ、口許から鮮血が滴り落ちていた。

「クリス、なにやってるんだ」

クリスの口から野鼠をもぎ取ろうとしたが、犬はしっかりと噛み、放そうとしなかった。

普段は従順な犬だが、獲物を見つけて瞬時に野生が蘇ったようだった。

「こらっ、放すんだ」

彼がクリスの頸を掴んで揺すると、やっと野鼠の身体を放した。道に落とされたその身体は黒々とした血に塗れていた。クリスの頭を優しく撫でてやると、その眼は普段の犬の眼に戻っていた。裏腹に、野鼠の屍体に絡んだ血を見た彼の眼は妖しく光っていた。

「お母さん、クリスって怖いんだよ」

帰宅するなり彼は母親に言った。

「どうしたの」

「あいつ、丘で鼠を捕まえてきたんだ」

「あら、そうなの。まあ、セッターは猟犬だからそういうことがあっても不思議じゃないわね」

「いつもは大人しいのに、今日は言うことを聞かないで捕まえてきたんだ。本能ってすごいね」

彼は眼を輝かせていた。

「でも、あなたが噛まれないように注意するのよ」

「心配ないよ、あいつ、僕の言うことは聞くから」

「そう、それならいいけど」

《あの子の寂しさを紛らわすために、あの人がクリスを飼うことにしたんだけど、ほんとうに大丈夫かしら。噛まれたりしなきゃいいけど》

ある日の朝、母親がクリスの犬小屋を見に行くと、クリスが倒れていた。

「クリス、どうしたの？」

彼女がクリスを起こそうとすると、犬の頸は大きく裂かれ毛に血糊がべっとりついていた。

「きゃー！」

彼女はのけぞり、その場に立ちすくみ唇を震わせた。

われに返った彼女は、すぐさま警察に連絡をとった。

「ただいま」

警察がクリスの屍体を検案中に息子が帰宅した。

「お帰りなさい、大変よ」

母親が庭から息子に声をかけた。

「どうしたの」

「クリスが殺されたのよ」

「なんだって」

彼が庭に回ってきた。

「飼い犬が殺されたんですよ」

若い制服の警官が口を開いた。

「えーっ、クリス、どうしたんだ……」

クニオはクリスの伸びきったように横たわる身体を見て絶句した。

「こんな酷いことをするのは一体誰なの？　赦(ゆる)せないわ」

母親が言葉を吐いた。

「こんなことをするなんて……はやく犯人を見つけてください」

息子が言葉を継いだ。

「分かりました、器物破損ということで捜査を始めます」

「えっ、犬は物なんですか？」

母親が訊いた。

「ええ、そうなんです。犬は生き物ですが、法律上は物なんです」

「そうなんですか、可哀想なクリス……。とにかく早く犯人を突き止めてください」

「僕からもお願いします。可愛がっていた犬なんです。クリスの命を奪った奴を見つけてください」

クニオは眼に涙を浮かべて懇願した。


彼の記憶はそこでぷっつりと途絶えていた。その前後の記憶を呼び覚まそうと、心を懸命に集中させようともがいても、なにも浮かんでこなかった。それは、これまで幾度も味わってきた苦しみだった。肉体の過半が喪失したような感覚をもちながら、彼は生きていた。肉体の隅々まで記憶の断片を辿ったが過去を繋げることはできなかった。得体の知れない空白を埋めようと、彼は苦悶していた。

2

クニオは六本木の留学斡旋業者を訪問した。この会社は留学の斡旋とともに旅行代理店として渡航の手続き、現地での下宿の手配なども行っていた。

「白川次郎という留学生についてお伺いしたいんですが」

カウンターに座って、クニオが口を開いた。

「何年くらいに留学されたんですか？」

カウンターの反対側で若い眼鏡の担当者が訊いた。

「彼は三十代半ばですから十二〜三年前になるかと思います」

担当者はカウンター上のパソコンをチャカチャカと操作した。

「白川さん……、あー、いらっしゃいますね。予定どおり帰国されてますよ」

「そうですか。その後の就職先とか消息は分かりますか？」

「いいえ、分かりませんね、帰国すると契約も終了しますから」

「それでは、その当時の住所を教えて頂けますか」

「いいですよ。でも、もう変わっているかもしれませんね」

斡旋業者のビルを出ると、初夏の陽光が眩しかった。パソコンからプリントアウトされた住所は鎌倉だった。

翌日、クニオは車で鎌倉に向かった。第三京浜から横浜横須賀道路を経由して一三四号線に入った。左手に広がる海はもう夏の輝きを見せていた。江の島を過ぎて間もなく右折した。山側の路の両側には瀟洒な住宅が甍を連ね静かな佇まいを見せていた。

教えられた住所に着くと、そこは、大谷石と思われる崩れた塀の一部を残し、雑草に蔽われた更地となっていた。

彼が隣の家の玄関チャイムを鳴らすと、若い男が応対に出てきた。

「あの、お隣にはどなたがお住まいだったんですか？」

「僕は分からないね。詳しいことはうちの祖父ちゃんなら知ってるかもしれない」

「お祖父さんはいらっしゃいますか？」

「いま旅行中なんで」

「いつ帰ってこられるんですか？」

「南太平洋クルーズに行ってるから一か月後かな」

「そうですか、じゃあ、そのころまたお邪魔するかもしれませんので宜しくお願いします」

クニオはそのお祖父さんの話を聞きたいと思い、再訪を約してそこを後にした。

次に彼は三軒ほど先の家を訪ねた。

中年の主婦風の女性が応対に出てきた。

「あそこの更地ね、そこの家のことは分からないわ。でも殺人事件があったことは憶えているわよ」

「殺人事件？　それはいつごろですか？」

「そうね、十年くらい前かしら」

「それは、どんな事件だったんですか？」

「そのことは、もうあんまり話したくないんですけど……」

女性は白髪を撫でながら言葉を濁した。

「ぜひその事件のことを知りたいんです」

「そうなの？　江ノ電の隣の駅の家で事件が起こったんですよ。そこには父親と二人の娘さんが住んでいたんですが、お姉さんがナイフで身体を何ヵ所も刺されて、焼かれた上に、庭の棕櫚の木に吊るされていたんですよ」

「それは酷い。それで、犯人は捕まったんですか？」

「いえ、捕まったという話は聞いてませんわ」

「警察の捜査はどうだったんですか？」

「猟奇事件だとか言って捜査してましたが、いまだに犯人逮捕にはいたってないと思いますよ」

「それで、その父親というのはどこへ行ったんでしょうか？」

「さあ、事件の後すぐ姿を消してしまって、その後のことは誰も知らないようよ」

「そうだったんですか。警察はその父親を捜したんでしょうか？」

「そのようだけど、見つけたという話は聞いてないわ」

彼女の話で情報の糸はぷっつりと切れてしまった。

クニオは江ノ電で隣の駅に降り立った。主婦から教えられた家は駅から歩いて十分の場所にあった。

それは背後に森を控え、生垣を設えた古風な家だった。武家屋敷のような大きな門に表札はなかった。隣家との間の狭い通路から覗くと、雑草が庭木を蔽いつくし、雨戸が閉じられた家の中を見ることはできなかった。話に聞いた棕櫚の木も見えなかった。

《ここで猟奇的な殺人事件があったのか。棕櫚の木も伐られてしまったのかな。いずれにしても気味の悪い家だな》

帰路、事件を捜査した北鎌倉署に立ち寄ったところ、担当した刑事は既に県警本部に異動になっていた。

県警本部の応接室には初夏の陽光が射し込んでいた。

「あの事件か。まだ捜査中だが、もう十年になるからね、捜査陣も縮小されてるね」

事件を担当した老練の刑事が口を開いた。

「ええ、北鎌倉署でもそう聞きました。事件発生当時のことをお伺いしたいんですが」

「あの家には父親と二人の娘が住んでいた。殺害されたのは姉の真理子だが、あれは謎だらけの事件だよ」

「と言いますと？」

「まず、目撃者が一人もいない。まあ、深夜に起こった事件だから無理もないといえばそれまでなんだが」

「凶器は発見されたんですか？」

「いや、見つかっとらん」

「ほかになにか不審な点があるんですか？」

「庭に大きな棕櫚の木があってね、遺体はその木のてっぺん近くに吊るされていたんだ。高さが十メートルはある木だからね、簡単にできる技じゃない」

「共犯者がいたということですか？」

「勿論、それも考えた。しかし、庭に新しい足跡は一人分しかなかったんだ」

「そうですか、奇妙ですね」

「もっと奇妙なことがある」

「なんですか？」

「姉妹と一緒に住んでいた父親がいたはずなんだが、事件後、父親も妹も姿を消してるんだ」

「その話は近所の人に聞きました。その後の消息はどうなんですか？」

「まったく分からん、足取りが掴めないんだ。まるであの家から蒸発してしまったようにな」

「それで、今後の捜査はどうなるんでしょう」

「北鎌倉署の連中はもうとっくにやる気をなくして、事件の解決は諦めてるよ」

刑事は眉間に皺をよせた。

《この人捜しは簡単じゃなさそうだな。殺人事件が絡んでいるとは思いもよらなかった。それにしても、白川も周辺の人物も行方が分からない、まるで雲を掴むような人捜しだな》

リサーチは行き詰まりをみせていた。

3

金曜日、クニオはオフィスのデスクでぼんやり窓の外をながめていた。灰白色の薄雲が箱庭のような街並みの上にたなびき、梅雨の到来を思わせた。

電話が鳴り、繭子が出た。

「せんせ、依頼人のアビスとかいう人です」

「クニオですが」

彼が受話器を取った。

「依頼したアビスだ。調査の進捗はどうなんだ」

「はあ、鋭意調査中ですが、次郎という男はまるで煙のように消えてしまって足取りが掴めません。もう暫くお待ちください」

「なんだ、ちっとも頼りにならんな。もっと性根をすえてやらんと、契約を解除するぞ」

「まあ、まあ、そう仰(おっしゃ)らずに。もう間もなくなんらかの結果が得られると思いますので」

彼は防戦に懸命だった。

「せんせ、どうしたんですか」

繭子が呼びかけた。

「うん、あー」

「リサーチ、進んでいませんよね」

「うーん」

「考えていてもだめですよ、気が滅入るだけですから」

「……………」

「せんせ、明日なにか予定あります?」

「べつにないけど」

「じゃぁ、一緒にショッピングにでも行きましょう」

「考えていてもしょうがないか。そうするか」

週末、表参道は大勢の人で賑わっていた。参道の両側には高級ブランド店が並んでいた。

「なんだかすごい店ばっかりだね」

コードレーンのジャケットに白のソフトハットを被ったクニオが店並みを見ながら声を上げた。

「せんせ、そのファッション、結構似合ってますよ。三十代には見えませんよ」

「まだ二十代だよ」

「嘘ばっかり」

「それにしても人が多いな」

「週末はいつもこんなですよ」

「へー、よくここに来るのかい？」

「毎週来てます。欲しいブランドが一杯あるんですよ。だけどとても手が出ないんです」

「そんなに高いのかい」

「じゃぁ、ここに入ってみましょ」

繭子はクニオの手をとってピアジェのブティックに入った。

「ほら、これ素敵でしょ」

彼女は陳列ケースの中の宝石をちりばめた小振りの時計を指差した。

「三十万、高いな」

「せんせ、それ三百万ですよ」

「えーっ！」

クニオは眼を剥いて、彼女の手を引いて慌てて店から出た。

「びっくりしました？」

「うん、あの店は別世界のようだね、近寄らないほうがいいな」

「ねえ、ここのコーヒー美味しいんですよ」

二人は通り沿いのカフェの二階に席をとった。

「うーん、困った」

彼はコーヒーカップを置いて小さく言った。

「そうですね、警察でも全然手懸かりが掴めないなんて、変な事件ですね」

「まったくだ、とても人間の仕業とは思えないね」

「父親ともう一人の娘さんが行方不明だなんて、一体どうしたんでしょうね？」

「二人とも煙のように消えちゃったみたいだね」

「まあ、気味が悪いわ。ちょっと散歩しましょうよ」

二人は店を出て原宿のほうへ歩いて行った。

原宿駅前は人波が揺れていた。

「一段と人が多くなったね」

「ええ、この原宿駅の駅舎がもうすぐ建て替えになるからでしょう」

「ふーん、みんな旧(ふる)い駅舎を懐かしんでいるんだな」

やがて陽が傾き、歩道に欅並木の長い影を落とし始めた。

「せんせ、お腹空きません？」

「そうだね、なにがいいかな？」

「わー、どうしよう、この辺、美味しそうなお店がたくさんあるから」

「イタリアンはどうかな？」

「いいですよ」

彼女は微笑んだ。

二人は北青山の小振りのイタリアン・レストランに席をとった。夕食には早い時間で店内に客はまばらだった。

「せんせいと一緒にディナーするなんて初めてですね」

「そういえばそうだね。料理、どうする?」

「そうね、ラムステーキのライムフレーバーにするわ、せんせは?」

「僕はと……、仔牛のステーキだな。お酒は呑めるの?」

「勿論、いけますよ」

「それは頼もしい。なににする?」

「シェリーにします」

「僕はジントニックだ」

間もなく運ばれてきたグラスで二人は乾杯した。

「このシェリー、美味しいわ」

「思えば、繭子ちゃんが僕のオフィスに来てそろそろ半年だね」

「そうですね、早いものですね」

「繭子ちゃん、たしか湘南生まれだったよね」

「ええ、湘南生まれの湘南育ちですよ」

「優雅に育ったんだ」

「そんなこともないですよ。あれっ、変だわ？」

「なにが？」

「私、せんせいのことなんにも知らない」

「僕のことなんかいいよ。さあ、もっと呑んで」

その夜、二人はグラスを重ね酩酊した。

クニオは走っていた。暗闇は果てしなく続き、どこに向かって走っているかも分からなかった。息が切れ始めたころ、前方に女性の後ろ姿が見えた。それは懸命に走り、追跡から逃れようとしていた。ワンピース姿の影は次第に遠ざかり、闇に紛れたかに見えた。
《あの後ろ姿は誰なんだ？　僕が追っている相手なんだろうか》
「なにをしている、早く追うんだ」

彼の耳に低く、くぐもった声が響いた。

「だ、誰だ、お前は⁉」

彼は戸惑って訊いた。

「早く追え、それがお前の運命だ」

幻の声に押されるように、彼は走りの速度を上げ懸命に女性の後を追った。間もなく、仄暗さの中に彼女の姿を捉え、一段と速度を上げた。彼女の真後ろに迫り、手を伸ばしてその肩を掴もうとしたとき、突如、足場を失い彼女もろとも暗闇の中に落ちていった。

「うわー」

暫く気を失っていた彼が正気を取り戻し、辺りを見回したがなにも見えなかった。立ち上がり、仄暗い空間を手探りで歩みを進めた。行けども行けども視界は開けなかった。

「なにをぐずぐずしてるんだ、早く後を追うんだ」

頭上からまた声が降ってきた。

「一体誰なんだ、答えろ！」

「私はお前の支配者だ。私の命令に逆らうことなどできないんだ。それをよく心に刻んでおけ」

「あの女性は誰なんだ？」

「なにを言ってるんだ、お前がよく知ってる相手じゃないか」

「なんだって？　僕が知ってる女性だって？」

「そうだ、こんな無駄話をしている時間はないんだぞ、早く後を追わんか」

彼は腑に落ちないまま、声に駆り立てられるように足を速めた。

やがて前方に小さな灯りが見え隠れし始めた。進むにつれて、灯りは徐々に大きくなり、トンネルの出口のような場所に着いた。そこから頸を出してみると、光に満ちた空間が広がり、次の瞬間、赤い火の玉が彼めがけて飛んできた。

「あーっ」

彼は覚醒した。ベッドの上で身体は汗にまみれていた。窓を見やると、カーテンの隙間から蒼い月影がほのかに射し込んでいた。

《あの女性は誰なんだろう？　なぜ僕が彼女を追跡していたんだろう？　それにあの正体不明の声はどこから聞こえてきたんだろう？》

考えても謎は解けなかった。

手懸かりが得られないクニオは白川の戸籍を調べることにした。身分を偽り、代理人申請で白川の戸籍謄本を入手したが、転出転入の記載はなかった。

《彼は留学時にも住民票変更を届け出ていなかったんだ。これじゃ足取りが掴めないな。しかし、両親の名前が分かったから一度当たってみるか》

クニオは本籍地の長崎に父親の白川敬次を訪ねた。父親は港の桟橋にほど近い本籍地の住所に住んでいた。瓦葺の平屋で、庭の黒松、青木、椿などは綺麗に手入れされていた。

「息子さんについてお伺いしたいんですが」

居間に通されたクニオが口を開いた。

「次郎はここにはおらん」

七十に近い父親が薄眼を開けるようにして答えた。しゃがれた声だった。

漁師上がりらしく、深く皺が刻まれた顔も手も赤銅色に日焼けしていた。

「あの、眼がご不自由なんですか？」

「うむ、ポルトガル沖で操業中に嵐に遭って突風で船から落水してな、三日三晩漂流していたんだが、そのときのショックで視力を失ってしまった」

「それではご不便でしょう？」

「うん、まあ歩ける程度には見えるから、なんとかなっとる」

「そうですか、それで、いま次郎さんはどちらにおられるんですか？」

「あの子の居場所は分からん」

彼は白髪の頭を揺らした。

「いつから分からないんですか？」

「大学を卒業してから連絡はないんだよ。母親が死んだときも連絡がとれず、死に目にさえ会っとらんのだ」

「立ち入ったことをお伺いしますが、奥様はご病気で亡くなられたんですか？」

「いや、女房は自殺じゃ。五年前に発狂してな、あっさり逝ってしもうた」

「そうでしたか。ところで、次郎さんは海外に留学されていましたよね？」

「えっ、そんなことは知らんぞ」

「ご存じなかったんですか？」

「全然聞いとらん」

「イギリスに二年間留学されていますよ」

「そうだったのか、わしはそんなことはひと言も聞いとらんが」

父親の意外な返答の連発に、クニオは戸惑った。

「次郎さんの居場所に心当たりはありませんか？」

「さあー、どうかな……。大学生のとき付き合っていた女友達がいたようなんだが、そのおなごなら知っとるかもしれん」

記憶を辿って、父親は言葉を継いだ。

「その人の名前、分かりますか？」

「……うーん、まり、真理子とか言っとったかな」

「そうですか」

どこかで聞いたような名前だったが記憶がはっきりせず、クニオは肩を落とした。

「ところで、あんたはどうして次郎を訪ねてきたんだ？」

「ある人に依頼されたんです」

「ほう、誰に頼まれたんだ?」

「申し訳ありませんが、それは言えません。私には守秘義務がありますから」

「そうか、あんたは探偵だったな」

「もし、なにか思い出されたらご連絡頂けますか?」

彼は名刺を渡した。

「そうしよう、あんたもなにか分かったら知らせてくれるかな」

「分かりました」

敬次の家を後にし港に足を向けると、桟橋の向こうに陽光を浴びて紺碧に輝く大村湾が広がっていた。

《敬次さんは五年前から独居老人というわけだ。あの齢で眼が不自由なのは大変だろう。それにしても、次郎という男はどういう奴なんだ、母親の死に目にも会わないなんて》

見たことも会ったこともない次郎という男に、クニオは憤りさえ感じていた。

4

クニオが帰って行き、再び一人になった敬次は海風を感じながら、若い日の想い出を手繰り寄せていた。

ポルトガル沖のアゾレス諸島は水平線に緑色の姿を浮かべていた。敬次が乗り組んだマグロ漁船は遥々日本を離れ、もう二週間この海域で延縄漁（はえなわりょう）をしていた。マグロ漁は一度外洋へ出ると数か月は帰還できない長い戦いだ。船上での作業も重労働で厳しさを極め、一日の操業が終わると足腰の筋肉が痛んだ。

早朝の漁が終わり、一段落した甲板で、敬次は遥かな故郷に思いを馳せていた。

強烈な太陽が海を照らし、彼は眩しさに眼を細め、獲物を狙って空を舞う海鳥を見上げた。長い両翼を伸ばして優雅に飛翔する海鳥はやがて妻の由紀へと姿を変えていった。

「また漁へ出るの？」

由紀が訊いた。

「うん、来週から大西洋に漁に行く」

「いつ帰れるの？」

「うーん、まだはっきりしないけど六か月くらいかな」

「また、その間会えないのね」

二人は海岸通りのカフェに席をとっていた。窓の外に伸びる桟橋には出航を待つ大型漁船が係留されていた。

「うん、そうだな」

彼は水産高校を出てマグロ漁船に乗り組み、今回、二回目の漁に出る予定だった。

「やめて欲しいの」

「えっ、なんのこと」

「漁に行くのやめて」

「そ、そんなことできないよ」

由紀の言葉に、彼は戸惑った。

「どうしても行くんだったら、私、別れる」

「どうしてそんなこと言うんだい」

「だって、敬次がいない毎日に耐えられないもの」

漁師町で育った彼女は率直な物言いをする女だった。

「急にそんなこと言うなよ」

「敬次でなくても、私がいいって言ってくれる男は何人もいるのよ」

「分かった分かった、今度の漁は急に抜けるわけにいかないから、行かせてくれよ」

「帰ってきたらどうするの？」

「やめるようにするから」

「ほんとね？」

彼女は敬次を睨んで念を押した。

《女というのは怖いな、自分のことになると、あんなにはっきりものを言うんだ。今度帰ったら由紀になんて言おう》

厳しい仕事を続ける中で、由紀の言葉が彼の耳に響いていた。

三か月後、敬次は帰還した。蓄積した疲労で全身に力が入らなかった。

「おかえりなさい、身体大丈夫？」

由紀が真顔で訊いた。

「うん、疲れたけど問題ないよ」

二人は港を見下ろす丘の道を歩いていた。これまで何度となく連れ立って歩いた道だった。眼下には見慣れた港の佇まいがあった。

「できちゃったみたい」

丘の上のベンチに座った彼女が小さく言った。

「えっ、なにが？」

「私、妊娠してるの」

「……僕の子なの？」

彼は戸惑った。

「そうよ」

「そ、そうなのか」

彼は言葉を詰まらせた。

敬次は、由紀のひと言であらゆる希望と選択肢を失い、信じられない時間の流れで彼女と結婚した。

その年の暮れに、彼女は男の子を産んだ。航海のない日々には、三人家族は静かな生活を送ることができた。しかし、次の漁の予定が知らされると、敬次は乗船への義務感に襲われた。クルーが一人減れば別のクルーを手当てしなければならない。乗組員が不足している中、代わりのクルーを見つけるのは難しいことだった。

彼と由紀の約束は果たされることなく、彼は航海を続けることになった。繰り返される過酷な漁で赤銅色の肌の皺はその深さを増していった。

父親が不在の家で、由紀は息子の次郎を懸命に育てた。

「次郎、どこへ行くの？」

由紀が次郎に声をかけた。

小学校から帰宅した次郎はランドセルを置くと、すぐに出かけようとしていた。

「うん、誠二君と遊びに行くんだ」

「だめよ、勉強をしてからにしなさい」

「誠二君の家でするから大丈夫だよ」

「ほんとに勉強するんですよ」

「分かったよ」

母親にそう答えて、次郎は自転車で誠二の家を訪れた。

「勉強なんか後にして遊ぼうよ」

誠二がゲーム端末を持ってきた。

「お母さんに勉強するように言われてるんだけど」

「お前のお母さんうるさいからな、勉強は後でやればいいさ」

「そうだね、そうしよう」

二人はゲームに興じ始めた。

ひとしきりゲームに熱中した後、次郎は母親の言葉を思い出した。

「もう帰るよ」

「えーっ、まだいいじゃないか、もっとやろうよ」

誠二が返した。

「でも、お母さんがうるさいから」

「そうか、お前んとこのお母さん厳しいもんな」

次郎が誠二の家を後にすると、オレンジ色の夕陽が桟橋の向こうに沈むところだった。ペダルを力一杯漕ぎ、彼は長い影を曳きながら黄昏の街を風のように走り、海辺の自宅に着いた。門の前に停められた見慣れぬ外車を一瞥して裏の縁側にまわりガラス戸を引くと、襖の隙間から思いがけない母の姿が見え隠れしていた。彼女は白い布団の上で肌を露にして見知らぬ男に抱かれていた。

次郎は戸袋に身を隠し女と男の動きを息を呑みながら凝視していた。長い時間が経ったと感じられた後、二人は身を起こし、なにやら会話をしているふうだったが、声は届かなかった。

男が乗った外車が軽いエンジンの音とともに立ち去った後、次郎は静かに家に入った。

「あら、帰ってたの？」

母親が身繕いしながら居間に入ってきた。

「うん」

「お腹空いたでしょう、すぐご飯用意するからね」

ついさっきまで、しどけない姿で男に抱かれていた母がいつもの母に戻っているのが不思議でならなかった。

父親は一度遠洋航海に出ると、半年、長いときは一年は帰還しない。女盛りの母親が他の男と関係を持つことは女の性そのものだったが、小学生の次郎には埒外のことだった。

《僕は夢を観たのかな、お母さんのあんなに幸せそうな顔を見たのは初めてだ。それにあの男は誰だろう。どこかで見たような気もするけど……》

父親が不在の間、母親と男の逢瀬は続いていた。ある日、次郎が学校を終えて帰宅すると、家の前にいつもの外車が停まっていた。彼は身構えて裏庭にまわり縁側から覗こうとしたが、カーテンが引かれ部屋の中は見ることができなかった。

カーテンの内側での出来事を想像すると、家に入ることができず、彼は引き返し丘の道を登った。丘の頂上から見ると、午後の陽光を一杯に映した湾が紺碧に沸き立っていた。

海に沈んだ陽が水平線上の雲を茜色に染めるころ、彼は丘を下り家に戻った。

「あら、遅かったのね」

母親はいつもの笑顔で声をかけた。

「うん、ちょっと遊んできたから」

いつもと変わらぬ母親の対応に、彼はやはり不思議な気がした。


週末、駅の近くを次郎が歩いていると外車が彼を追い抜き、スーパーの前に停まった。車から降りてきた男は母親の相手だった。次郎が車の陰で見守っていると、暫くして男がレジ袋をさげて出てきた。

男が次郎に声をかけた。

「おや、ぼく、どうしたんだい?」

「この車、珍しいなと思って」

次郎は咄嗟に返した。

「お前、名前は?」

「次郎です」

「ふーん、乗ってみるか?」

男は微笑んだ。

「いいの？」

「ああ、乗りな」

「うあー、日本車と違いますね」

次郎は助手席に乗り込むとシートの硬さを感じた。

「外車だからな」

男がアクセルを踏み込むと、次郎の身体は強い加速度でシートバックに圧しつけられた。

「速いんですね」

「すごいだろう」

男は得意気だった。

車は街中を通り過ぎ、港近くの工場に着いた。入口には「柊（ひいらぎ）水産」の看板が懸かっていた。

「ここは……」

「俺の会社さ」

男は柊水産の社長の息子、柊徹だった。柊水産は大手水産会社で地元では名士とされていた。

三十代前半の彼は見かけは好青年だったが、二代目を約束されながら仕事には精を出さず、遊び人と見られていた。毎夜のようにクラブやバーに姿を現し、女たちを口説いてまわっていた。

「おじさん、柊さんだったんですね」

「家まで送ってやろうか」

「いいです、家が近いから歩いて帰ります」

《彼は柊の息子だったんだ。お母さんはどうしてあんな男と付き合っているんだろう？これから二人の関係はどうなるんだろう。もし、お父さんがこのことを知ったら……》

考え始めると眼の前が暗くなり、次郎は立っていられなくなった。

一年を隔てて、父親が航海を終えて帰還した。一家が夕食のテーブルを囲んでいた。

「あなた、お帰りなさい。お疲れ様でした」

由紀がグラスにビールを注いだ。

「うん」

敬次はビールを口に流し込んだ。

「なにか変わったことなかったの？」

次郎が訊いた。

「別になかったね。天候も安定していたし、漁獲もまあまあだったよ」

「怪我とかなかったのがなによりだわ」

由紀が笑みを見せた。

「わが家の飯が一番旨いな。船の飯はやっぱりだめだ」

敬次は次々と料理を口に運び勢いよく食べていた。

《お母さんはいつもと変わらない態度で話してる。でも、あのときの顔とは全然違ってる。女性というのはそういうものなのか》

母親が何事もなかったかのように父親に接する態度に、次郎は知らない世界を覗いたように感じた。

黙々と働く父親に母親のことを告げるべきか、彼は苦悶していた。

二か月の休暇の後、父親は再び遠洋航海に旅立った。そして、母親と柊の逢瀬も繰り返された。

「旦那さんはまた遠くへ行っちゃったね」

カーテンが閉じられた仄暗さの中で、柊徹が布団から身を起こして口を開いた。

「ええ、また半年は帰らないわ」

由紀は気だるい声で答えた。

「半年か、寂しいだろう」

「ええ、でもあなたがいてくれるから」

彼女は眼を潤ませた。

「俺も由紀と知り合えてよかったと思ってるよ」

徹は指で彼女の身体を辿った。

「抱いて」

彼女は両手を徹の頸に伸ばした。

「あなたがいないと心が死んでしまいそう」

求め合う唇と唇が近づいていった。

徹の母親は彼が七歳のときに病死していた。その後、父親は以前から関係のあった愛人を家に入れ、夫婦同然の暮らしをし始めた。

徹はその愛人に馴染めず、父親に一層反発するようになった。

幼くして母を失った彼は母性への渇望があった。そんな日常の中、柊の工場でアルバイト勤務をしている由紀に、徹の眼が留まった。

まどろみながら、徹は彼女との出会いを思い返していた。


由紀は生産ラインの最終工程で鯖缶の検品と梱包を担当していた。午後の仕事を終えて、工場の門を出ると、彼女の傍にライトブルーのＢＭＷが滑り込んできた。

「さあ、乗って」

由紀が驚いて車の中を覗くと徹の顔があった。

「柊さん」

「早く乗って」

彼女は言われるままに助手席に乗り込んだ。

車は街並みを駆け抜け、郊外のホテルに着き、二人はレストランの席に座った。

「あの、なにか？」

彼女は不安を隠さなかった。

「まあ、そう言わずに、食事しながら話しましょう」

「どういうことでしょうか？」

「あのー、俺と付き合ってください」

彼女は、徹の率直な物言いに戸惑った。しかし、徹の狙いは夫が不在の彼女の心の隙間を見事に射抜いていた。

この出会いで、彼女は心の空白を埋め、徹は歳上の彼女から渇望する母性を得ることになった。

由紀が立ち上がってカーテンを少し引くと、午後の光が射し込んできた。

「どうしたんだ？」

徹が訊いた。

「そろそろ息子が帰ってくるから」

「もうそんな時間か。息子さん、なんていうの？」

「次郎よ」

「えっ、何歳だい？」

「小学校五年生よ」

「そ、そうか……」

「どうかしたの？」

「うん、この間、偶然、街で息子さんに会ったんだ」

「あら、そうだったの？」

「息子さんが俺の車を見ていて、興味がありそうだったから乗せてやったんだ」

「そう、あの子、車が好きなの。なにか言ってた？」

「そういえば、随分喜んでたな」

「それならよかったわ。でも、あなたが次郎を知ってると思うと、なんだか照れくさいわ」

由紀は笑みを見せた。

徹は客先に挨拶に行った後、ＢＭＷで自宅に向かっていた。彼が客先を訪れるなど珍しいことだった。青空に誘われるように、彼は丘の路を走った。間もなく、路が下り坂に入ったとき、彼は車の異常に気づいた。ブレーキを踏んだが全く反応せず、咄嗟にサイドブレーキを引いたが急坂に勝てず、車は転がるボールのように海に向かって速度を増していった。彼は懸命にハンドルを握り、車をコントロールしようとしたが、猛スピードで桟橋に達し、そのまま突端から海に転落した。

翌日、引き揚げられた車から柊徹の遺体が発見された。死因は窒息死。事故の原因調査のため警察は車を精査したところ、ブレーキパイプに損傷があり、ブレーキフルードが流出していることが判明。警察は事故と殺人の両面で捜査を開始した。

〈柊水産の柊徹専務が運転する車が桟橋から海に転落し、引き揚げられた車から柊さんが水死体で発見されました。現在、警察が事情を調査中です〉

台所で食事の用意をしていた由紀は、夕方のテレビニュースで事実を知り、気を失いかけた。やっとの思いで、ふらふらと居間の卓袱台(ちゃぶだい)の傍らに座り込んだ。

「ただいまー」

そのとき、次郎が学校から帰ってきた。

「あれっ、お母さんどうしたの?」

茫然と佇む母親を奇妙に感じ、彼が訊いた。

「……えっ、あー、なんでもないわ、大丈夫よ」

一拍遅れて、彼女はやっと答えた。

次郎は母親の顔をじっと見ていた。

徹の葬儀は郊外の柊家代々の菩提寺で行われた。地元の有力者だけあって多くの参列者が訪れた。

徹の普段の行状を知る参列者の間では、さまざまなことが囁かれていた。

中年の女性同士が話を交わしていた。

「これは事故なのかしら?」

「でも運転は慣れているはずよ」

「そうよね、車好きですものね」

「事故というのも変な話ね」

初老の男たちは別の見方をしていた。

「お盛んだったからね、怨みを買ったんじゃないのか？」

「それも考えられるな、しかし女の手で男をやるというのもな」

「いや、誰かにやらせるってこともあるだろう」

「ひょっとしたら親父さんがやらせたかも」

「まさか、実の息子だぞ」

「だけど、親父さん、不良息子に手を焼いていたからな」

「うーん、そうかもな……」

根も葉もない噂が街中に広がっていった。

次郎の手前、由紀は喪服を着ることもなく、その日一日悶々として過ごした。

《どうして徹は先に逝ってしまったのかしら？　これでまた一人ぼっち》

胸の奥が焦げ、身体の芯がとろけるような甘美な瞬間をもう二度と味合うことはできないかもしれない、と思うと彼女は深く冷たい孤独に襲われた。

その後、由紀は塞ぎ込むことが度々あった。そんな姿を見ても次郎は理由が分かっていたので心配することはなかった。母親の暗い表情を見るにつけて、心が重くなることもあったが、父親が帰還すればまた元気を取り戻すだろうと軽く考えていた。

警察は壊されたブレーキパイプを丹念に調べたが指紋などの証拠は得られなかった。また、自宅のガレージに停めてあった車に近づいた不審者の目撃情報も挙がらず、捜査は行き詰まっていた。

徹の不慮の死が人々に忘れ去られるにつれて、由紀の精神は安定を失っていった。

ある朝、次郎は母親が起こしてくれず寝坊した。

「お母さん、どうして起こしてくれないんだい」

次郎は不機嫌に居間に入ってきたが、母親の姿はなかった。

「お母さん、どこにいるの？」

彼は声を上げたが、母親が答えることはなかった。朝食の用意もなく戸惑っていると、玄関に声がした。

「白川さん、どなたかいますか？　警察です」

次郎は一瞬緊張して玄関に行くと、警官が母親の腕を取って立っていた。

「お母さん！」

次郎は思わず母親の手を取った。

「次郎君だね、お母さんはそこの桟橋で倒れていたんだ。歩けるから大丈夫だと思うけど、一度病院で診てもらったほうがいいよ」

「分かりました、ありがとうございます」

警官が帰って行った後、居間に座った母親は茫然と虚空を見つめていた。

「お母さん、どうしたの、大丈夫？」

次郎は両手で母親の肩を揺すった。

「……あら、どうしたのかしら、ここどこ？」

深い眠りから醒めたように、母親は次郎を見た。

「僕だよ母さん、ここは家だよ」

「あ、次郎、母さんはどうしたのかしら？」

「桟橋にいたお母さんをお巡りさんが連れて来てくれたんだよ」

「そうなの、全然憶えていないわ」

母親の態度に、次郎は言葉を失った。

大型漁船が強風が吹きすさぶ荒海を進んでいた。船は大波に翻弄され大きく揺れていた。時折襲ってくる白波が舷側を越え、甲板を洗っていた。波に襲われるたびに大きく上下動を繰り返す船首に人影が見え隠れしていた。それは敬次だった。

「あなた、なにしてるの？　危ないわ」

由紀が人影に向かって叫んだ。

敬次は振り落とされないように、揺れる船首のハンドレールを両手で懸命に掴んでいた。

「あなた、早くこっちへ来て！」

彼女は再び叫んだが、答える声はなかった。

次の瞬間、ハンドレールをも引き剥がしてしまうような強風に耐えきれず、人影は波に呑まれ、海中に引きずり込まれた。

「あなたー！」

彼女は自身の声で目醒めた。布団の中で全身汗に濡れていた。

数日後、敬次が帰還した。

「あ、あなた、大丈夫だったの？」

玄関に姿を現した敬次を、由紀は戸惑いながら迎えた。

「どうしたんだ、元気だよ」

「そう、それならいいわ」

「なんだ、なにかあったのか？」

「あなたが船から落ちたんじゃないかと思ってたの」

「なに馬鹿なこと言ってるんだ、そんなことあるわけないじゃないか」

奇妙だとは感じたが、由紀が僕のことを心配してくれていたんだ、と思って、敬次は納得した。

二か月余の敬次の休暇は、吹き去る秋風のように瞬く間に終わり、彼はまた航海に出た。海に敬次を持ち去られた由紀の精神は再び孤独に揺れた。

由紀は全身に加速度を感じていた。ＢＭＷは山岳道路のカーブを次々と抜け、身をくねらせるように疾走していた。ハンドルを握る徹を、彼女は頼もしく思った。

「速いわね、でもあんまり飛ばすと危ないわ」

後方へ飛び去る景色を見ながら、由紀は言った。

「大丈夫さ、慣れた路だから」

「いつもこんなに飛ばすの」

「こうやって走っていると、なにもかも忘れられる。嫌いな仕事も、嫌な女のことも」

「あら、私もその嫌な女？」

「馬鹿なこと言うなよ、由紀は可愛い由紀なんだから」

「まあ、嬉しい」

やがて路は深い森へと続き、車は木々に蔽われたトンネルのような仄暗さの中に吸い込まれていった。彼は闇に閉ざされた前方を凝視し、スピードを緩めようとはしなかった。

次の瞬間、車は闇から解放されると、前方に眩しい海が迫り、車は断崖から海へと跳躍していた。

「きゃー」

夢から覚醒した由紀は恐ろしさに身震いした。

彼女はその後も繰り返し悪夢に襲われ、精神の安定を失うにつれて、夢と現実の境界が薄れていった。

5

次郎は中学での成績もよく、高校は地元の進学校へ進み、東京の大学を目指した。

高校二年のとき、進路について担任教師との個別面談があった。

「いまの成績では君が希望する大学は無理だぞ」

担任教師で数学担当の青柳はそっけなかった。

「どうしたらいいでしょうか」

次郎が訊いた。

「他の科目はまあまあだが、数学がこれじゃ話にならん、数学の点数を上げないと。数学の勉強時間をもっと増やすことだな」

「分かりました、やってみます」

《まったく喰えないせんこうだ。他の科目で精一杯なんだから、数学に充てる時間をどう

やって確保するんだ。だいたいあのせんこうの教え方がだめなんじゃないのか》

教室に鞄を取りに行くと、誠二がいた。

「終わったのか?」

誠二はにやりとした。

「うん、数学がだめだって言われたよ」

次郎は表情を曇らせた。

「僕も同じことを言われたよ。あのせんこう、自分の教え方が下手なのは棚に上げてさ」

彼らは不満を口にしながら学校を後にした。

青柳は勉強にうるさかったが、担当する生活指導においても厳しく、不良グループからは反感を買っていた。

ある日、校舎の裏で不良グループが一人の生徒を虐めていると、通報を受け、職員室を飛び出した青柳が現場で止めに入った。それでも虐めを止めないグループの一人を、彼が殴りつけた。

不良グループは彼の剣幕を恐れて逃げたが、彼らはこの一件を根に持ち、反抗心は膨張していった。

白熱の太陽が砂浜を焦がしていた。次郎と誠二はビーチに泳ぎに来ていた。

「なんだか冴えないな」

砂浜に座った次郎が言った。

「卒業まであの教師に付き合わされては堪らないな」

誠二が応じた。

「ほんとうだ、なんとか青柳の鼻をあかす方法はないかな？」

「親爺（おやじ）狩りして、不良グループのせいにするってのはどうだ？」

「だめだよ、そんなことしたら、すぐにばれちゃうぜ」

「そうだな、警察が調べたら分かっちゃうか」

「あー、なにかいい手はないかな」

次郎は空を仰いだ。

「ひと泳ぎするか」

誠二の言葉で彼らは海に泳ぎ出た。

泳ぎに自信のある彼らは沖へ沖へと進んだ。降り注ぐ陽光が躍動する背中を照らし、肌を赤銅色に染めていった。

「ふーっ」

大きく息を吐きながら次郎がビーチに上がってきた。

「なにかいいこと思いついたか？」

先に上がっていた誠二が訊いた。

「だめだ、いい考えが浮かばないな」

「仕方ないか。気分はよくないし、女の子と遊ぶしかないか」

「女の子って、あの子のことか？」

「そうそう、いいよなぁあの子、可愛くて」

「女の子には熱心だな。名前、なんていったっけ？」

「絢子(あやこ)ちゃんさ」

「もう誘ったのか？」

「まだだよ。ああいう初心(うぶ)な子には慎重に近づかないと、一度失敗すると二度目はないからな」

「さすがによく分かってるな」

「そうだ、いい考えがあるぞ」

「なんだよ」

「絢子を手懐けてだな、青柳が痴漢したって、彼女に言わせるんだ。そうすればあいつは失脚だよ」

誠二はにやりとした。

「いい考えだけど、絢子がうんと言うかな？」

「任せとけよ」

誠二は女の子に熱心で、隣のクラスの丸顔で色白の絢子に、彼は眼をつけていた。

翌日の放課後、彼は帰宅する絢子を丘の麓で待ち伏せていた。

「やあ、絢子さんですね。僕は誠二、隣のクラスの……」

「ええ、知ってますよ」

絢子は緊張した面持ちで応えた。

「そう、よかった。ちょっとお話ししたいんだけど」

「誠二君って、不良グループと付き合ってるって聞いたけど」

「そんなことないよ、誰がそんなこと言ってるの？」

「校内の噂よ」

「そんなの単なる噂だよ、嘘だよ」

「それならいいけど」

二人は丘の道を登り始めた。

「青柳のことどう思う？」

丘の頂上に着くと、ヒマラヤ杉の下のベンチで誠二が訊いた。

「嫌な先生、他の生徒もそう言ってるわ」

「それなら僕に協力してくれない？」

「なにをするの？」

「あのせんこうをやっつけるのさ」

「どうやって？」

「青柳に痴漢させるんだ」

「えーっ、そんなの嫌だわ」

「いや、本当に痴漢させるんじゃなくて、そういうふうに見せかけるのさ」

「もう、びっくりしたわ。どういうこと？」

「青柳に数学の補習をしてほしいって言うんだ」

「それで」

「放課後、教室で二人っきりになったところで、痴漢！　って叫ぶんだ。そうすれば、誰かが見に来るだろう」

「でも、そう旨くいくかしら」

「大丈夫、きっと旨くいくから」

「面白そうね、やってみようかしら」

絢子の笑みを見て、彼女があっさり話にのってくることが、誠二には意外に思えた。

《驚いたな、あんなに真面目で純心無垢に見える子がこんな悪戯を引き受けるなんて。あの子のことを誤解していたのかな。いや、女は見掛けによらずそういうものかもしれない》

授業を終えて職員室に向かう青柳に絢子が声をかけた。

「あの、先生」

「うん、なにかな？」

「補習をお願いしたいんですけど」

「補習？」

数学がからっきしできない子がどうしたんだろう、と彼は思った。

「数学の成績を上げたいんです」

「そうか……それなら後で教室で待ってなさい」

仕事熱心な彼が断る理由は見当たらなかった。

絢子は教室の最前列の席に座っていた。生徒が帰った静かな教室には夕陽が深く射し込み、彼女の姿を照らしていた。

「よお、もう来てたのか」

青柳が教室へ入り、絢子に近づこうとした時、彼女が叫び声を上げた。

「きゃー、やめて！」

同時に彼女は教室から飛び出した。職員室のほうへ走り出し、廊下を歩いていた女性教師にすがりついた。

「助けてください」

「まあ、どうしたの？」

「痴漢です、青柳先生が……」

後から彼が追いついて来た。

「青柳先生、どうされたんですか？」

女性教師が訊いた。

「どうもこうもありませんよ、絢子がいきなり叫び出したんですよ」

青柳は戸惑いながら答えた。

「彼女に変なことしたんですか？」

女性教師は彼を睨みつけた。

「私がそんなことするわけないでしょ」

彼は顔を紅潮させて反論した。

翌日、青柳は教頭に呼ばれた。

「青柳先生、絢子君から痴漢されたと訴えがあったんだが、どうなんだ？」

年配の教頭が口を開いた。

「そんなことはしていません。彼女の訴えは事実無根です」

青柳は力んで答えた。

「絢子君、どうなんだね？」

「青柳先生に触られたのは間違いありません」

絢子が訴えた。

「ここにもう一人呼んであるんだが、恵美子君、どうかな？」

恵美子は窓の外から青柳と絢子の行動を目撃していた。

「絢子が急に叫び出したんです。青柳先生はなにもしてません」

恵美子は絢子の顔を見て言った。

「絢子君、どうなんだ？」

教頭が訊いた。

「……」

「どうなんですか、絢子君？」

「本当なんです、先生が私の胸に触ったんです」

「嘘です、先生はそんなことしていません」

恵美子が反論すると、絢子は答えることなく部屋を飛び出して行った。

思わぬ証人のお陰で事件は不問に付され、青柳は難を逃れることができた。


騒動から逃れた青柳は絢子のことを苦々しく思っていた。


《絢子というのは一体なにを考えているんだ？　熱心に指導してやろうと思ったのに俺に痴漢の罪を着せるとは。

だけど、恵美子が偶然目撃者となっていて助かったな。彼女の証言がなかったら大騒動になるところだった。絢子と違って恵美子はいい子のようだな》

彼は絢子に対する憤りを感じながら残務を終えた。


「先生」

疲れを覚えながら職員室を出て、校舎の端まできたところで声をかけられた。

見ると、恵美子が微笑んでいた。

「先生、事件にならずによかったですね」

「君か、うん、助かったよ、感謝してるよ」

「そう、よかったわ、じゃあ、私と付き合ってください」

「えっ、なんだって？」

「以前から先生のファンだったんです。だから付き合ってください」

彼女は青柳にすり寄り、手を握ろうとした。

「……」

青柳は言葉を失った。


ある夜、港近くの倉庫から出火し、倉庫が全焼した。焼け跡から男性の焼死体が発見された。警察の調べでは、死体には深い刺し傷があり、殺害された後、放火により焼かれたものとされた。

「昨日の火事、びっくりしたね」

誠二が次郎に追いつき肩をたたいた。

「なんだ、お前か。ほんと怖かったよ、家から火の手が見えたし」

二人は連れ立って校門を潜った。

一時間目の始業時間になっても担任教師はクラスに姿を見せなかった。

「どうなってんの、先生来ないけど」

時間が経っても教師は来ず、クラス内はざわつき始めた。

「先生、休みかな。今日は自習だな」

そのとき、女性教師がクラスに入ってきた。

「あー、みんな静かに。今日、青柳先生はお休みのようです。この時間は自習にしますから、各自で勉強するように」

中年で大きな眼鏡の女教師が去るとクラスはまた騒がしくなった。

職員室では登校しない青柳先生を心配する声が上がり、同僚の教師が青柳の自宅へ電話したところ妻が応対し、青柳は前日から帰宅していない、とのことだった。

翌日、青柳の妻は帰らぬ夫の行方不明届を大村警察署に出した。

「夫がおとといから帰ってこないんです」

彼女は大村署の生活安全課に来ていた。

「なにか家出するような心当たりはないんですか？」

担当刑事が問うた。

「そんなものありませんよ、急にいなくなったんですから」

「置き手紙とか、なにか手懸かりになるものはいかがですか?」

「ですから、ありませんって。なにも聞いてませんし」

彼女は刑事の対応に苛立った。

「奥さん、おとといの晩、港で火事があったことはご存じですね?」

「勿論知ってますよ」

「現場で身元不明の遺体が見つかっていますが、焼け焦げていて身元の確定が困難な状況です」

「……」

「それで、まあ、そんなことはないとは思いますが、万一ということもありますので、ご主人の歯型とDNAの照合をさせて頂きたいんですが」

「はあ、そうですか……、それならどうぞ」

妻は一瞬気が遠くなったが、なんとか返答をした。

一週間後、警察の鑑定の結果、青柳の歯の治療痕とDNAが焼死体のそれと一致した。

警察は高校教師殺人事件として捜査を開始した。

次郎の高校では、なぜ教師が殺されたのかと疑念が広がった。進学校の中で落ちこぼれになった不良グループが、指導に厳しい青柳を殺害したに違いないとも噂された。たしかに、彼は成績優秀者には懇切丁寧な指導をしていたが、成績が上がらない生徒を見放すようなところがあった。

「担任が殺されるなんて大変なことになったね」

港が見えるカフェで誠二が言った。

「ほんとに、信じられないよ。だけど、お前が考えた絢子プロジェクトが失敗したから、これでよかったんじゃないか」

次郎は顔を曇らせた。

「しかし、今回は殺人だからね、痴漢事件とはレベルが違うよ。殺すということはよほどの怨みがあったのかな」

誠二はコーヒーをひと口飲んだ。

「そうなんだろう。不良グループの連中がやったっていう噂だけど、どうなんだろう」

「うーん、だけど、いくら青柳先生に厳しく指導されたとしても、あいつらが先生を殺すかな?」

「それもそうだな。ところで、代わりは誰になるんだろう?」

次郎は受験のことを考えていた。

「そうか、そう言えば、うちの高校にほかに数学のいい先生っているのかな?」

「変な先生が来て、いい加減な指導なんかされたらたまったもんじゃないね」

「そうだな、いい先生が来るよう祈るしかないね」

次郎が窓の外に眼をやると、まさに夕陽が雲を茜色に染めながら水平線に沈むところだった。


殺人事件の騒ぎが一段落したころ、丘の上の公園に猫の死骸が転がっていた。胸が裂かれ、取り出された心臓が水飲み場の石の台の上に置かれていた。早朝散歩の老人が発見したとき、心臓はまだとっくんとっくん、と動いていた。

ある日、桟橋の風速計の柱の先端に鳩が串刺しになり死んでいた。またその後、小学校で飼っていた野うさぎの首が無惨に切られ、死んでいるのが発見された。

殺人事件に続き猟奇的な出来事が立て続けに起こり、街に暗い影が射していた。

深夜、次郎が帰ってきた。

「どうしたの、こんな夜中に」

物音に気づいた由紀が寝床から起きてきた。

「うん、ちょっと、気分転換さ」

彼の顔は蒼白で、手についた血のようなものを由紀は見逃さなかった。

「それ、どうしたの？」

「なんでもないよ、転んだだけだよ」

彼はそそくさと自室に入っていった。

次郎が深夜に出て行き、また帰ってくるのはこれが初めてではなかった。厳しい受験勉強のストレス解消のためだ、と由紀が彼を咎めることはなかったが、彼の奇行はその後も止むことはなかった。


次郎はまだ明けやらぬ桟橋を歩いていた。太陽の姿はなく、辺りは仄暗かった。彼の視線は先を歩く中年の男を捉えていた。彼は男との距離を保ったまま歩き続けていた。やがて、山の端から朝陽が昇り、空がうっすらと夜明け色に染まったとき、男が振り返った。それは青柳だった。その瞬間、サバイバルナイフを手にした次郎は青柳に向かって突進した。

「ぎゃー」

叫び声とともに青柳はその場に崩れ落ちた。

声とともに、由紀は飛び起きた。身体は汗にまみれていた。

《まさか、あの子が……、それにあの殺された動物も……》

由紀は疑心暗鬼の中で煩悶していた。

警察は不良グループを有力関係者として、一人ずつ事情聴取したが、いずれも事件当日のアリバイがあり捜査対象から外された。

青柳の殺人現場と思われる倉庫が全焼したことで、めぼしい手懸かりは失われ捜査は難航し、解決の糸口さえ見えなかった。

6

厳しいストレスを耐え忍び、受験勉強に邁進した結果、次郎は見事、東京の志望大学へ合格した。彼が東京へ旅立つ日、やはり敬次は遥か大西洋へ遠洋漁業に出ており、その姿はなかった。

由紀は大いなる期待を持って次郎を見送ったが、彼の奇行に気づきながらそれを問い質すことができず、心中には拭いがたい不安が宿っていた。この不安は彼女が死ぬまで消えることはなかった。

不忍池の周りに人影は少なかった。盛りの蓮の花が水面を蔽いつくしていた。

「どうしたの、ぼーっとして」

ベンチで真理子が次郎の顔を覗き込んだ。

「うーん、なにもする気になれなくて……」

「あら、困ったわね」

彼女は、次郎が大学の同じゼミで知りあったクラスメイトだった。

故郷でのしがらみや両親や高校教師のくびきから逃れ、希望とともに新天地に飛び込んだつもりだったが、彼の心は沈んでいた。

「頭が働かないし身体も重いんだ、どうしてかな？」

「ははーん、次郎、それは受験のせいだわ。勉強し過ぎたのよ」

「そうかな、だけど受験勉強は真理子だってしたんだろう？　いま元気じゃないか」

「そうね。私は小さいころからずっと勉強させられていたから」

「どういうこと？」

「親が教育熱心で、幼稚園から勉強ばっかり。小学校から私立の受験校で育ったの」

「へー、そうだったのか」

「だから、いまの大学の入試問題なんて簡単で当て物みたいだったわ」

彼女は屈託のない笑みを浮かべた。

「……」

彼は言葉を失った。

「どうかしたの？」

「うん、あ、べつに。真理子は恵まれて育ったんだね」

「そうでもないわ。うちは両親ともに勉強にうるさかっただけよ。次郎のお父さんはどんなお仕事してるの？」

「うちは遠洋漁業の漁師なんだ」

「まあ、すごい、恰好いい」

彼女は眼を輝かせた。

「べつに恰好いいことはないさ、漁師の仕事ってどういうものか知ってる？」

「ぜんぜん分かんない」

「一年のうちほとんど家にいないんだ。だから僕は母親一人の手で育てられたんだ」

「そうだったの。漁師の仕事ってやっぱり大変なのね」

「勉強に気も入らないし、ねえ、どこか旅行しない？」

「まあ、いいわね、嬉しい」

彼女は白い歯で微笑んだ。

「どこがいいかな？」

「どこでもいいわ、次郎はどこへ行ってみたいの？」

「そうだね、北の方は行ったことがないから、東北はどうかな？」

「いいわね、そうしましょ」

温泉宿は深緑の森に包まれて静かな佇まいを見せていた。

「森の空気は違うわね。ひんやりとして気持ちいいわ。私は勉強ばかりしていて、どこへも連れて行ってもらったことがないから、とっても新鮮に感じるわ」

真理子が三階の部屋から眼下の渓流を見ながら口を開いた。

「そうだね、ちょっと散歩してみようか」

次郎と彼女は青森の奥入瀬（おいらせ）渓流に来ていた。

二人は宿から出て、渓流沿いの道を辿っていた。

「綺麗な水」

真理子は岩間を滔々と流れる清流を眺めていた。水流は岩に弾かれ、飛び散る真珠のようにきらきらと光っていた。

「この渓流は十和田湖に流れ込んでいるらしいね」

「そうだったの？　十和田湖にも行ってみたいわ」

《真理子は僕とは全然違う環境で育ったみたいだ。これから彼女と付き合っていけるだろうか》

真理子の美しい顔立ちに次郎は惹かれていたが、彼女の無邪気な笑みを見ていると、これからの二人の関係に不安を覚えた。

その夜、次郎は心中に生まれた不安を忘れようとするかのように、真理子を嵐のように求め、彼女も波のようにそれに応じた。

暗闇の一画に小さく火が揺れていた。間もなくそれは勢いよく広がり、辺りは火の海となった。紅い火炎の中心に黒い人影が見え隠れしていた。その男は手足を拘束されているようで、火から懸命に逃れようとしているが、動きがとれないようだった。

叫び声を上げる男はたちまち黒く焦げていった。

「ぎゃー」

男の断末魔の声で、次郎は覚醒した。

「どうしたの？」

彼の動きで真理子も眼を醒ました。

「……夢を観たんだ」

「あら、怖い夢なの？」

次郎は黙って彼女を抱き寄せた。両手は汗にまみれていた。

宿をチェックアウトし、二人は渓流沿いの散策路を歩いていった。

岸辺には苔むした岩々が並び、時折、小さな滝が勢いよく流れを落としていた。清新な空気を吸いながら、彼らは黙々と歩みを進めた。

やがて現れた大きな滝を見ながら斜面を登ると突如視界が開けた。そこは湖だった。

「まあ、綺麗！」

真理子は声を上げた。

鏡のような湖面には青空が映り、岸辺が深緑の木々で蔽われた湖は女神の棲み家のような神秘的な雰囲気を漂わせていた。

「観光船に乗ろうか？」

次郎が誘って、二人は船に乗り込んだ。

桟橋から解き放たれた平底の観光船は静かに沖へ滑り出た。薄日が差すデッキに出て、遠景を陶然と眺める真理子は妖精のように輝いていた。その横顔を見た次郎は一瞬心を奪われた。

7

敬次が乗り組んだ大型漁船、白鷗丸はジブラルタル海峡を抜け大西洋を西進していた。空はあくまで碧く、雲ひとつなく澄み渡っていた。

「いい天気だな」

漁労長の敬次がブリッジで航海長に声をかけた。

「ええ、いまはいいんですが、ちょっと気になる兆候があるんです」

大型の双眼鏡を首にかけ、前方の海を見ている航海長が答えた。

「ほう、なんだね？」

「北のほうに雨雲が発生してるんです」

「南下してくるのかな?」

「いまのところ、なんとも言えませんが、予報では相当強力な低気圧に発達する可能性が高いそうです」

「おいおい、そりゃまずいな。あと二日で漁場だというのに」

「いまは新しい予報を待つほかないですね」

「そうか、こっちへ来ないことを祈ってるよ」

夕食の時間となり、乗組員が食堂に集まり大きなテーブルに着いた。

「全員に言っとくが、北方で低気圧が発生した、留意しておいてくれ」

船長がみんなを見渡して伝えた。

「最接近はいつごろですか?」

若い甲板員が問うた。

「どうだ、その後の予報は?」

船長が航海士に訊いた。

「まだコースが定まりませんが、嵐を想定して準備だけは必要かと思います」

「みんな、聞いたとおりだ、準備頼むぞ」

船長の言葉に全員頷いた。

翌朝、敬次は甲板に出て拍子抜けした。空は昨日同様碧く晴れ上がっていた。甲板では漁の準備が進められていた。

《なんだ、嵐は来そうにないな、天気予報ほど当てにならんものはないな》

二日後には予定どおり漁場に到着できるだろうと思った彼は漁具の点検作業をしている乗組員を見回った。

「予定どおり漁に入れそうだ、みんな点検に励んでくれよ」

「分かりました、任せてください」

若い乗組員が笑顔で答えた。

ところが、昼になると空が灰色に染まり始めた。

〈海洋気象情報：発達した大型低気圧が今夜にかけて大西洋を急速に南下し、今夜半アゾレス諸島付近の海上に達する見込みです。最大瞬間風速六十メートル、気圧九百十ヘクト

パスカル。付近を航行する船舶は最大限の警戒をしてください〉

予報を聞いた航海士は、低気圧の予想を超えた速度に驚いて、早速、船長に報告した。

「なんだと、そんなに早く接近してくるのか?」

「はい、すごい速度で移動しているようです」

「すぐに総員に知らせろ」

「分かりました」

間もなく、船内放送で接近する嵐の情報が知らされ、乗組員に緊張が走った。白鷗丸は嵐を避けるため針路を変更したが、既に時は遅かった。

《やれやれ来るのか。漁場までもう一歩のところでなんてことだ》

天候を楽観視していた敬次は落胆し、今度の航海はついてないな、と思った。

午後になると晴れていた空が俄(にわ)かに陰り、やがて現れた黒雲が瞬く間に上空を蔽いつくした。昼間にもかかわらず、辺りは夜のように暗くなり、また風が急速に強まり始めた。

次第に高まった白波が船に襲いかかり、ブリッジでは船長が指揮をとり、操舵士が波に対して船首を向けるよう懸命に舵を切っていた。船は大波に翻弄され、ブリッジのスタッフは立っていることができず、ハンドレイルに掴まり、懸命に体勢を維持していた。

大波が船体に砕けると、ガガーンという不気味な音とともに船体が振動した。運命に導かれる巨大生物のように、白鷗丸は身を震わせながら荒海を突き進んでいった。

ブリッジで甲板に眼を光らせていた敬次は、息を止めるような突風が船倉のカバーを吹き飛ばすのを見た。

「これはいかん。船長、ちょっと甲板を見てきます」

「注意するんだぞ」

懸命に体勢を維持しながら、船長が答えた。

敬次はポンチョに身を固め、ブリッジから甲板に下りてカバーをなくした船倉に近づいて中を見ようとした。そのとき、突風に煽られた彼の身体は宙に浮き、次の瞬間、荒れ狂う海面へと消えていった。

「船長！　漁労長が落水！」

敬次の落水を目撃していた航海長が叫んだ。

「なに！　し、しかし、この荒海に救命ボートは出せんぞ」

船長は荒れ狂う闇黒（あんこく）の海を茫然と見つめていた。

身体が勢いよく持ち上げられ、飛んでいると感じた次の瞬間、敬次は海中に投げ出されていた。

「ぐー」

一旦沈んだ身体を浮き上がらせようと、息を止め懸命に水をかいた。

間もなく顔が水面上に出て大きく息を吐いた。身につけたライフジャケットのおかげで浮き上がったのだ。

「ぷはーっ」

彼は暗い海の真っ只中を漂っていた。白鷗丸の船体が一瞬、波間に見えたかに思ったが、それはすぐに掻き消えた。周期的に波が寄せ、波頭に上りつめたかと思うと、次に波間の谷底に引きずり込まれた。不思議なことに、波に翻弄されるうちに恐怖心が薄れ、浅い眠りに誘われていった。

夜が明け、水平線に白い太陽が姿を現し、昨夜の嵐が嘘のように静かな海に薄日が射していた。昼に差しかかるとさざ波の照り返しが眩しく、ブリッジのスタッフは眼を細めながら力を無くしたように立ちつくしていた。

「船長、捜索はどうなんでしょう?」

徹夜の操船で眼を赤く腫らした航海長が口を開いた。

「どうかな、あの荒れ様だからな、生きていればいいが……」

敬次が落水した直後、船長は海難救助を依頼し、夜明けとともに捜索機が発進しているはずだった。乗組員は疲労した心身で救難隊からの連絡を待つほかなかった。

夕刻、ポルトガル空軍の救難隊から連絡があり、遭難者は発見できず、その日の捜索は終了する旨連絡が入った。

翌日の捜索でも敬次は見つからず、さらに捜索を続けると救難隊から連絡があった。捜索が難航している様子が窺え、乗組員の希望の灯は消えかけていた。

8

中学生の敬次はクラスメイトの真治と校庭脇のベンチに座っていた。

「どうするんだ？」

敬次が訊いた。

「どうするって、なにを？」

真治が返した。

「もう僕たち三年生だぞ」

「だからなんだよ」

「進学だよ、進学」

「とりあえず高校へ行って、役人にでもなろうかと思ってるんだ」

「そうか、僕はどうするかな」

「親父さんの跡は継がないのか？」

敬次の父親は小型漁船を持っており、近海で漁をして生計をたてていた。

「親父みたいなちまちました漁師にはなりたくないしな」

「そんなこと言って、将来どうして生活するんだよ」

「うーん、これといった希望の仕事もないし、漁師はいやだけど、もしなるとしたらマグロ漁船がいいな」

「マグロ漁船なんて大変じゃないか」

「分かってるさ。だけど大型漁船に乗り組めば外国にも行けるしな。行ってみたいんだ、外国へ」

　敬次は空を見上げた。

「じゃあ、高校はどうするんだ？」

「大型船に乗り組むためには水産高校へ行かないと」

「そうか、じゃあ、ちゃんと目標があるじゃないか。僕は漁師なんて絶対無理」

「どうしてだ？」

「無理無理、怖くて船になんか乗れないよ」

　真治は運動神経が鈍く、スポーツが不得意だった。また臆病な性格でとても漁船に乗り組むなど考えられなかった。


　翌春、敬次は地元の水産高校へ進学し、船乗りへの決意を新たにしていた。早朝、小型漁船で漁協の仲間たちと漁に出る父親の姿を見送っているうちに、嫌っていた漁業への感覚も変わっていった。

「おっ、今日は早いな」

敬次が帰宅すると、父親はすでに漁から上がっていた。

「うん、今日は実習のない日だから」

「そうか、すこしは慣れたか？」

「まあ、ぼちぼちだけど」

「せいぜい頑張って遠洋に出られるよう勉強するんだな」

「やっぱり遠洋に出ないとだめなのかな？」

「近海は魚が減ってもう商売にならんからな。お前は大型に乗れるようにならないと」

このところ近海の漁獲量は落ち込みが激しく、近海漁は採算がとれなくなっていた。

父親の話を聞いて、自分の考えは間違ってないんだ、と敬次は思った。


季節は巡り、敬次は二年生の春を待っていた。ある朝、郵便受けに小さな紙包みが入っていた。包装を解くと中にはチョコレートが納まっていた。

〈あなたへの愛の証にチョコレートをプレゼントします。心をこめて作りました。デート

してください。明日の放課後、丘の上で待っています。由紀〉

由紀という名前に聞き憶えはなく、彼は戸惑った。僕のことを知っているということは隣の普通高の生徒だろうと思った。居間で彼は、決して見映えがいいとはいえない蒲鉾のような形のチョコレートを齧ってみると、未知の甘さが口一杯に広がった。

「なにしてるの？」

台所で母親が訊いた。

「あっ、なんでもないよ」

彼は慌ててチョコレートをもとのケースに戻した。

思いがけないことに迷ったが、どうせ時間もあることだからと思い、翌日、彼は丘を登っていった。斜面を登るにつれて、丘の頂上に立つヒマラヤ杉の巨木が少しずつ姿を現した。ふた抱えほどもある太い幹の下に設えられた木製のベンチに、彼女はぽつりと座っていた。

敬次が近づくと、由紀は立ち上がり優しい笑顔で彼を迎えた。

「はじめまして、由紀といいます」

彼女が手を差し伸べたので、思わず彼はその手を握った。

「……あの、敬次です」

「チョコ食べてくれました?」

「は、はい、美味しかったです」

「そう、よかった。私、料理下手だから心配してたの」

「どうして僕のことを?」

二人はベンチに並んで座った。

「敬次さん、水産高校ですよね?」

「そうだけど」

「私は隣の普通高だけど、教室から水産高のプールが見えるの。そこで敬次さんが泳いでいるのを見かけて恰好いいなと思ってたの」

「そうだったのか。それは体育の水泳の時間だな」

「そうみたい」

由紀は彼にぴたりと身を寄せ、寄りかかってきた。

思いがけない動きに、彼は反射的に彼女を抱きとめた。そのとき、彼女が発した未知の甘酸っぱい香りが鼻腔一杯に広がり、彼は陶然とした。

気がつくと、陽が傾き、二人は巨木の長い影の中にいた。

夕刻、コーヒーショップは閑散としていた。

「お前、うちの由紀と付き合ってるんだって？」

久しぶりに会った真治が口を開いた。

「えっ、なんでお前そんなこと知ってるんだ？」

「ふっ、ふっ、うちの高校で水産と付き合ってる子はいないから目立ってるんだよ」

「そ、そうなんだ。水産と付き合わないってことは、やっぱり水産をバカにしてるってことか？」

「たぶんね」

「くそー、水産はそう思われてるんだ」

「ま、そう怒るな。お前は由紀と付き合えて果報者なんだから」

「どういう意味だ？」

「由紀は綺麗だから人気があって、うちの男子はみんな手を出そうとしてるんだ」

「ふーん、そうなのか」

「だけどあの子は誰も相手にしてないんだ。それなのに、どういうわけかお前と付き合い始めたというわけだ」

「だけど、僕が彼女に手を出したわけじゃないんだぞ」

「そんなことより、お前、注意したほうがいいぞ」

「どういうことだ?」

「普通高の不良グループも由紀にちょっかいだしていたから、お前が怨みを買うかもしれないからさ」

「そんなこと言われても困るよな、僕のせいじゃないんだから」

「ところで、学校のほうはどうなんだい?」

「まあまあかな、普通高よりは面白いと思うんだ」

「そうか、水産を選んでよかったな」

「そっちはどうなんだ」

「全然面白くない」

真治は力なく微笑んだ。

その日は海で実習が行われた。桟橋に着いた練習船から敬次は勢いよく降り、丘を目指して歩みを速めた。丘のヒマラヤ杉で由紀が待っているはずだった。海岸通りを抜け、丘の麓まで来たとき、並木の陰から不良グループの三人の高校生が彼の行く手に立ちはだかった。

「なんだお前たちは？」

彼はただならぬ風を感じ、身構えた。

「敬次だな」

一番背の高い生徒が訊いた。

「そうだ、なんの用だ？」

「由紀と付き合ってるそうだな？」

「それがどうした」

「由紀は俺たちのものだ」

「なんだと？」

彼は不良グループを睨んだ。

「由紀と別れるんだ」

生徒たちは一歩近づいた。

「そんな気はない」

「そうか、痛い目に遭いたいんだな」

言い終わらないうちに、リーダー格の生徒が敬次の胸座(むなぐら)を掴んだ。

「なにするんだ！」

敬次が身を引こうとした瞬間、生徒は彼を殴りつけた。

「うわー」

彼は悲鳴をあげて倒れた。

別の生徒が敬次に馬乗りになって、顔に往復びんたを喰らわせた。

「うー」

敬次はなんとか逃れようとしたが、馬鹿力に押さえつけられ叶わなかった。

「おい、なにしてるんだ！」

彼らの後ろで声がした。

水産高校の教師が立っていた。

「せんこうだ、まずい！」

声とともに不良グループは走り去った。

「あいつらにやられたな。大丈夫か？」

教師は敬次の口許の血を見逃さなかった。

「ええ、大丈夫です」

敬次はふらふらと立ち上がった。

「血が出てるぞ、手当てしないとな」

彼は教師に付き添われて街の医院に行った。

「裂傷はあるが、骨に異常はないね。三針縫ったから、まあ、全治十日ってとこかな」

一時間ほどの治療の後、初老の外科医が説明した。

「そうですか、ありがとうございます」

礼を言って彼と教師は医院を後にした。

翌日、敬次は放課後の人気（ひとけ）のない教室に呼び出され、教師と相対していた。

「怪我はどうだ？」

教師が訊いた。

「大丈夫です、少し痛いですが」

「殴られた理由は分かってるのか？」

「……」

「あの不良グループは他校でも知られている札付きだ。まさかお前から手を出したんじゃないだろうな？」

「まさか、そんなことしてませんよ」

「じゃあ、どうしてなんだ？」

「多分……」

「多分なんだ？」

「……普通高の女子学生と付き合ってるからだと思うんです」

「そんなことで、わざわざ殴りにくるのか？」

教師は訝った。

「それが、聞いたところ人気のある女の子らしくて……」

「なんだ、そんなことか。まったくしょうがない奴らだ。とにかく問題を起こさないようにするんだぞ」

「分かりました。注意します」

敬次は不機嫌に答えた。

その夜、彼は心に不満と不安を抱えて眠りに落ちた。

ヒマラヤ杉のベンチに敬次と由紀は座っていた。

「まあ、ひどい、誰にやられたの？」

敬次の顔に付いているガーゼを見て、由紀が顔をしかめた。

「ちょっと油断してたんだ。それで普通高の不良グループにやられたんだ」

「またあのグループなの？　いつも問題ばかり起こしてるのよ。でもどうして敬次が狙われたの？」

「由紀と別れろって」

「えー、なにそれ、ほっといて欲しいわ」

「なにか心当たりはないのかい？」

「そういえば、不良グループに誘われたとき断ったことはあるわ。ラップコンサートに行かないかって言われたんだけど、勿論それだけじゃすまないから断ったの」

「そうか、それを根に持ったのかもしれないな。どうすればいいかな……」

「まさか、私と別れるつもりじゃないわよね？」

由紀は真顔で訊いた。

「そんなことないさ、あんな奴らの言うとおりになるもんか」

「そう、そうよね、別れるなんてことないわよね」

彼女は敬次に抱きついた。

「おい、なにやってるんだ」

彼が顔を上げると、すぐ後ろに不良グループの姿があった。

「これでも喰らえ！」

グループの一人が木刀を彼の頭に振り下ろした。

「ぐあー！」

頭に痛みを感じ、彼は飛び起きた。

9

身体が揺れていた。頭に熱を感じた。頭上には白熱の太陽が輝いていた。瞼に明るさを感じたが、焦熱の陽光が海面に照り返し、世界は白熱して見えた。敬次は自身が海に浮かんでいることをようやく思い出した。

海水は暖かく、体温は奪われずにすんでいた。落水してからどれくらい時間が経ったのか見当もつかなかった。空腹とともに無性に喉の渇きを覚え、それは限界を超えていた。そのとき、海水を飲んでも短期間であれば問題ない、という過去の読書が思い出された。それは小型のゴムボートで漂流実験を行い、飲水が底をついた冒険者がやむをえず海水を飲むことになったが、一週間後、陸にあがり診断を受けたところ身体に異常はなかったという内容だった。

彼は両手で海水をすくい、少しずつ口へ運んだ。初めのうちは塩辛さに閉口したが、それも徐々に慣れていき、がぶがぶと飲んだ。

《よく見えない。俺の眼が悪いのか、それとも強烈な光線のせいなのか。白鷗丸は遥か彼方に行ってしまったから眼が見える見えないは関係ないのかもしれないが……》

また意識が暗い淵へと落ちていくように思えた。

《このまま捜索機が来てくれなかったら、俺は死ぬんだろうな。それは怖くはないけど、俺の帰りを待っていてくれる人たちのことが気になってしまう。俺が帰らなかったら、彼らは俺のことを哀しんでくれるのかな？　由紀、由紀はどうするんだろう？　哀しんでくれるんだろうか……》

死を意識した彼の心に、急流を流れ去る木の葉のようにさまざまなシーンが現れては消えていった。

半意識の中で低くくぐもった音が遠くで響いていた。それは次第に大きくなり、間もなく頭上で音が炸裂し始めた。

〈こちら救難機R００－１、遭難者発見、これから直ちに救助に向かう〉

ポルトガル空軍レスキュー隊のヘリコプターが敬次の頭上でホバリングしていた。ローターの強烈な回転で生じた気流で海上はさざ波立っていた。

機体から救助隊員がロープで降下し、敬次を抱きかかえるとするすると上昇していった。

〈レスキュー本部了解、遭難者の状態はいかが？〉

〈意識はあり、目立った外傷は見当たらない。ただ視力を失っている模様〉

〈レスキュー本部了解、受け入れ態勢完了、帰投せよ〉

《俺は助かったみたいだな。死んでもおかしくない状況だったのに、生きてるということは神様が俺を生かしておこうと考えたのかな。

帰還して、みんなに会うときどんな顔をすればいいんだろう、俺は死んだものと思われていただろうから、みんなもどんな顔をしたらいいのか困るかもしれないな》

半意識の中でヘリコプターの振動を心地好く感じながら、彼はぼんやりと想像を巡らした。

救難ヘリはリスボン近郊の空軍基地に着陸し、彼は直ちに救急車で病院へ運ばれた。

彼が無事救助された旨、白鷗丸に連絡が入った。

「船長！　敬次さんが救助されました」

航海長が船長室に駆け込んできた。

「なに、そうか。それで、どんな状態だ？」

「かなり衰弱しているが命に別状はない、とのことです」

「そうか、奇蹟的だな」

船長は緊張がほどけ表情を崩した。

医師の懸命の治療により、敬次は体力を回復した。

「眼が見えないんですが」

検診にきた医師に、敬次は訴えた。

「どの程度見えないんですか？」

若い医師が訊いた。

「全体にぼやけて、あなたの顔もはっきり見えないんですが」

「そうですか、精密検査の結果では機能的問題はないんですがね」

「それはどういうことですか？」

「考えられることは、あなたが想像を絶する恐怖を味わい精神的ストレスを受けたということです」

「それで、治るんでしょうか？」

「私にとって初めての症例ですので、なんともいえません。いずれにせよ、時間がかかると思いますので帰国してから専門医に診てもらってください」

医師は淡々と話した。

医師の言葉に、このまま視力を失ってしまったらもう船に乗れなくなると思うと、瞬時に手足をもがれたような恐怖心に襲われた。

彼の診断結果は白鷗丸にも伝えられた。

「眼が見えない……？」

連絡を受けた船長は訝った。

「そうなんです、病院からそういう連絡があったんです」

航海長も腑に落ちない顔をした。

「そういうことだと、帰国して治療するほかないと思います」

「そうですね、当面この船には戻れないな」

「無事救助されたのはよかったが、こっちとしたら戦力ダウンだな」

「そうですね、漁労長の代わりを決めないといけませんね」

「うむ、すぐに人選をしよう」


敬次の状態は漁協本部に知らされた。連絡を受けた本部は、初めての事態に困惑したが、彼の視力が正常でないことに鑑み、救援のため若い本部員、織田健一を派遣することになった。

漁協で最も若いという理由で指名された健一は戸惑い固辞したが、年配者の圧力に抗えず、引き受けざるを得なかった。三日後、彼はポルトガルに向けて旅立った。

ポルトガル便のシートに収まり、これから起こることに思いを馳せていた。

《僕が若くて、海外旅行をしたことがあるというだけで、こんな役を負わされてしまった。漁協の爺さんたちはなにを考えているんだ。

しかし、敬次さんは僕の父親の友達だし、仕方ないかな。それにしても敬次さんは大丈夫なのかな？　ちゃんと帰れる状態なんだろうな》

健一はとんだ貧乏くじを引かされたと思っていた。

やがて飛行機はリスボン空港上空に達し、都市の街並みが眼下に広がった。間もなく飛行機は着陸した。彼は戸惑いながらも入国手続きをすませ、タクシーで敬次の病院へ向かい、受付で教えられた敬次の病室を訪ねた。

「敬次さん、大丈夫ですか？」

ベッドで半身を起こしていた敬次に、健一が声をかけた。

「あー、誰かな？」

「僕です、真治の息子の健一です」

「おー、健一君か、よく来てくれたな」

敬次の眼には、健一の姿がぼんやりとした影絵のように映っていた。

「お身体の調子はいかがですか？」

「身体は元気なんだが、いかんせん眼がよく見えないんだ。まいったよ」

敬次は眼を開けて懸命に健一の顔を探しているようだったが、焦点が定まらないように見えた。

「そうですか、父の真治も心配してました」

「そうか、真治は元気にしてるのか？」

「ええ、元気に役場に通ってます。それで、明後日には退院して帰国しようと思うんですが、それでいいですか？」

「うむ、かまわんよ。すまんなわざわざ迎えに来てもらって」

「いいんですよ、父からも敬次さんの面倒をしっかり看るように言われてますから」

健一は微笑んで答えた。

「その後、白鷗丸はどうなったんだ？」

「船は予定どおり漁を続けてますよ」

「そうか、それはよかった。それにしても、この俺が漁ができないなんて」

敬次は漁に参加できないことが口惜しかった。

「落水したときはどんな状況でした？」

「いや、あれはまずかった。油断してたわけではないんだが、突風があまりに強くて身体ごと持って行かれたんだ」

「よほどの強風だったんですね」

「身体が浮かんで次に真っ暗な海へ叩きつけられて、いや、どうしようもなかった」

彼は恐怖の体験を噛みしめるように語った。

病院へ来るまでは嫌な仕事をさせられていると健一は感じていたが、敬次の不自由な動きを見るにつけて、はるばる迎えに来てよかった、と思った。

敬次は自宅に戻り、居間から見える海を眺めていた。視界はぼやけ、景色は影絵のように見えていた。

「あなた、どうしたの？　またぼんやりして」

由紀が声をかけた。

「うん……」

「また漁のことを考えてるの？」

「白鷗丸はどうしてるのかなと思って」

「あなたがいなくても漁はできてるのかしら？」

「まあ、心配は心配だけど、若い連中も育ってきたからな」

「漁のことは忘れて眼を治さないと」

「そうだな、だけど原因が分からないからね、困ったもんだ」

「よほど怖い目に遭ったのね。でも生きて帰ってきてくれたからよかった」

彼女は敬次の横顔をじっと見つめていた。

《このひと眼が見えるようになったら、また漁に出かけるわ。眼は早く治ってもらいたいけど……、でもこのまま失明するようなことになったら、それも大変だわ》

彼女はいっそ夫の眼が治らなければいいとさえ思った。これまで想像もしなかった時間が流れ始めていた。いつ良くなるのか、ならないのか、いまのまま時は流れていくのか、もっと悪いことが訪れるのか。彼女は夫にとり憑いた悪魔が消えるよう祈るほかなかった。

暗黒の淵へ敬次は沈んでいった。淵はあくまで深く、彼は沈み続けた。

どれくらい時間が経ったのか、やがて彼は着底し、静寂の空間に佇んでいた。

「うー」

不気味な唸り声が耳に届いた。

辺りを見回したが、闇の中では何も見ることはできなかった。次の瞬間、背後から何かが襲いかかってきた。

驚いて身を翻した彼が眼を凝らすと、それは飼っていたセッターのクリスだった。獲物を狙う眼で彼を睨んでいる姿は猟犬の凄味を発していた。

「わー!」

恐怖で彼は悲鳴を上げ、逃れようと走り始めた。

「ガウガウ」

クリスは獰猛な声で吠え立てながら、後を追ってきた。

彼は懸命に走り続けたが、犬はすぐに追いつき、彼の足首に噛みついた。

「ぎゃー」

激痛を感じた彼は犬の牙を振り解き、再び走り始めた。

そのとき、犬は彼を飛び越え、眼前に躍り出た。次の瞬間、牙を剝いた犬が彼に跳びかかってきた。

「うわー」

彼は反射的に腕を振るった。

「キャイン」

訪れた静寂の中で彼が眼をやると、犬の頸は大きく裂かれ、ぱっくりと開いた裂け目から鮮血が溢れ出ていた。

彼の右手には刺身包丁が握られていた。

「うわー！」

彼は思わず退いた。

「あなた、どうしたの？」

由紀が彼の肩を揺すっていた。

「うー」

「あなた！」

彼女は声を上げた。

「うーん」

彼は覚醒した。

「あなた、どうしたの、怖い夢でも見たの？」

「あー、うん、大丈夫だ」

彼は虚空を睨んでいた。

10

本郷の通りは学生が行き交っていた。

「久しぶりだな」

カフェで次郎が口を開いた。

「そうだな、元気かい」

誠二が応えた。

彼は次郎とは別の大学へ進学していた。

「うーん、なんだかやる気が出なくて」

「ふーん、お前らしくないな」

「それで、気分を変えようと思って、この間旅行してきたんだ」

「どこへ行ったんだ？」

「東北の温泉」

「珍しいこともあるもんだな、一人でか？」

「いや、友達といっしょに」

「友達ってどんな、まさか女の子か？」

「うん、まあ」

「もうできたのか、手が速いな」

「そう言うお前はどうなんだ？」

「ま、いないこともない」

「なんだそうか、今度、紹介するよ」

次郎は微笑んで、コーヒーカップを口に運んだ。

窓越しに見えるプラタナスの並木はもう山吹色に染まり始めていた。

夜、下宿に戻ると、携帯に母親から電話があった。

「お父さん帰還したんだけど、事故に遭って大変なの」

「えっ、どうしたんだい？」

次郎は一瞬緊張した。

「お父さん、眼が見えないの」

「一体どうしたの？」

「お父さん嵐に遭って船から落ちたの、それで救助されたんだけど、そのときのショックで眼が見えなくなったのよ」

「そうなの。いまどうしてるんだい？」

「家に戻ってるわ。でも暫く治療が必要だって」

「それで治るの？」

「お医者さんが言うには五分五分だって」

「かなり酷いんだ」

「お父さんには、あなたには知らせるなって言われたんだけど……」

敬次は長年遠洋漁船に乗り組み、何度か軽傷を負ったことはあったが、今度のようなことは初めてだった。

「見舞いに帰ったほうがいいか？」

「だめよ、次郎は入院を知らないことになってるんだから」

「そうか……」

「病状は知らせてあげるから、安心して」

「うん、分かったよ」

《親父もこれまで頑張ってきたけど、もう年だからな、なにも無理して身体を痛めつける遠洋航海に出ることはないのに。だけど、言って聞くような親父じゃないしな。親父はあれが生き甲斐なんだ、いやあれしかないんだ。それに引き替えこの俺にはなにがあるんだろう……》

父親と自身のことに思いを巡らせ、彼は悶々とした夜を過ごした。

時間が早いせいか、上野の居酒屋に客はまばらだった。

「真理子です」

次郎が誠二に真理子を紹介すると、彼女は微笑んで挨拶した。

「誠二です、よろしくね。次郎とは幼馴染みで高校まで一緒だったんです」

「ええ、聞いてます」

真理子は微笑んだ。

「真理子さん、お酒は大丈夫？」

誠二が訊いた。

「ええ、まあ」

「それはよかった」

誠二は彼女を一瞥した。

「そう、じゃあ、今夜は大いに呑みましょう、乾杯！」

次郎が音頭をとり、冷酒の盃で乾杯した。

「真理子さんとどこで知り合ったんだ？」

誠二が訊いた。

「ゼミが同じなんだ」

「そうか、それはラッキーだな、こんな美人と。さあ、真理子さん、呑んで」

誠二は真理子が気に入ったようで、しきりと彼女に酒を勧めた。

その日、彼らは深夜まで盃を重ね、酩酊していった。


午後の講義を終えて、真理子は校門から出てきた。

「真理子さん」

声に振り向くと、誠二の笑顔があった。

「あら、誠二さん」

「講義はもう終わったの？」

「ええ、今日はもう終わりです」

「そのへんでお茶でもいかがですか？」

「ええ、まあいいですけど」

彼女は一瞬戸惑った。

誠二は彼女を近くのカフェに誘った。

「この前は随分呑みましたね」

「ほんと、ちょっと呑み過ぎちゃったみたい」

「ちゃんと帰れました？」

「ええ、もう酔っちゃったので、次郎の部屋に泊まりました」

「そ、そうだったんですか」

　彼の表情が曇った。

「どうかしました？」

「あ、いや、べつに」

「あの日は部屋に入ったらすぐに眠り込んでしまいましたわ」

「そうですか。ねえ、今度また呑みに行きませんか？」

「いいですわ。次郎も誘っていいですか？」

「えっ、ああ、勿論いいですよ」

　誠二は真理子をひと目見たときから彼女に惹かれていた。二人きりで呑んで口説きたいと思っていたのだが、その狙いは見事に外された。

11

長崎から帰り、クニオはオフィスに出勤した。

「おはようございます、出張お疲れ様でした。で、どうでした?」

繭子が笑顔で彼を迎えた。

「次郎の親父さんに話を聞いたけど、彼の行方はやっぱりはっきりしないね」

「本当に手懸かりのない人なんですね。友達や恋人の一人や二人いるでしょうに」

「まったく不思議な男だよ、次郎っていうやつは」

「せんせ、次の手はないんですか?」

「うーん、まいったな、次の手は出入国管理記録を調べるほかないね」

「そんなの調べること、できるんですか?」

「普通じゃできないね」

「じゃあ、どうするんですか?」

「……」

夕刻の虎ノ門。カフェの窓には帰宅を急ぐ人波が映っていた。人々の服装は白の半袖が目立っていた。

「そういうわけで、十年から十二年前の入国記録を見たいんです」

クニオが口を開いた。

「そう仰られても……」

相対する若い男性は口ごもった。

「お礼は充分にしますよ」

「誰の入国記録が必要なんですか？」

「白川次郎という男性です。十年から十二年前に英国から帰国してるはずなんです。コピーをとって送って頂ければ助かります」

「でも、どうしてそんなものが必要なんですか？」

「残念ながら理由は言えません、ただ、あなたにご迷惑をかけることは一切ありませんのでご安心ください」

「そうですか、それでお礼というのは……」

「これくらいでいかがですか？」

クニオはメモにさっと数字を書いて相手に見せた。

「こんなに……」

男は意外な金額に戸惑いを隠さなかった。

「どうですか？」

「わ、分かりました、やってみます」

相手は成田出入国管理事務所勤務の男だった。

一週間後、白川次郎のパスポートの情報と出入国記録がメールで送られてきた。記録によれば、次郎は十年前にたしかに帰国していた。入国した空港は成田。しかし、その後の足取りは杳（よう）として知れなかった。

「うーん、次郎が帰国したことだけは確認できたぞ」

「あら、どうしてそんなことが分かったんですか？」

オフィスでクニオが口を開いた。

藺子が訊いた。

「出入国管理官に教えてもらったのさ」

「そんなこと、教えてもらえるんですか?」

「勿論できないさ」

「じゃあ、どうしたんですか?」

「内緒」

クニオは人差し指を口に当てる仕草をした。

「まあ、せんせいったら、大丈夫なんですか?」

「問題ないって。それより思いがけない情報があったよ」

「なんですか、それって」

「パスポートの緊急連絡先に両親ではない人名があるんだ」

「ふーん、誰ですか?」

「北川誠二っていうんだけど」

「次郎とどういう関係なんでしょう?」

「分からないね。住所もあるから一度行ってみるしかないね」

翌日、彼はパスポートにあった中野区の住所を訪ねた。戸建て住宅を想像していたのだが、そこには新築のマンションが聳え立っていた。戸惑いながらマンションを見上げた後、彼は管理人室を訪ねた。

「あの、ここに北川さんという方はお住まいでしょうか?」

腰をかがめて管理人室の窓口に顔を寄せた。

「いま、そういう人はいないね」

白髪頭で豊かな口ひげを蓄えた初老の管理人が答えた。

「以前に住んでいたということはないでしょうか?」

「このマンションは一年前に建ったばかりだからね。その前の話ってことになるね」

「そうですね、そういうことになるかと……」

「えーっと、さっきの人の名前なんといったかな?」

「北川、北川誠二さんです」

「わしはこの辺りに長く住んどるんだが、そういえばそんな名前の男が行方不明になったとったな」

「えっ、それはいつごろのことですか?」

「もう随分前だな、十年ぐらい経つかな」

「それで、その人はどうなったんですか?」

「さあ、見つかったという話は聞かんな」


その足で、クニオは中野警察署を訪ねた。

「北川誠二さんのことをお知りになりたいんですね。北川さんとはどういうご関係ですか?」

生活安全課の女性警察官が口を開いた。

「友人です。十年くらい前に連絡が取れなくなっていたんですが、やっとこの辺りに住んでいることを知ったんです」

「そうですか、十年前ですか。記録を見てみますからちょっとお待ちください」

そう言って、彼女は奥へ姿を消した。

待っている間、彼は窓越しに銀杏並木と、その向こうのガード上を走る中央線の電車を眺めていた。

「お待たせしました」

女性警察官が記録を持って帰ってきた。

「なにかありました？」

「ええ、一件該当しますね。えーっと、十年前、この近くの北川誠二さんが行方不明になり、父親が行方不明届を出されてますね」

「そうですか、それで、その後の消息は掴めたんですか？」

「残念ながら不明のままですね」

「そうですか。行方不明届を出された父親という人の住所はどこですか？」

「長崎です」

「長崎？　そうすると、誠二さんの本籍も長崎ですか？」

「ええ、そうなってます」

「そのお父さんの住所を教えて頂けますか？」

「それはだめですね」

「どうしてですか？」

「個人情報ですから」

「でも私は旧い友人ですよ」

「それでもだめです、父親ご本人の同意が必要です」

「いいじゃないですか、住所くらい」

「だめと言ったら、だめですって！」

　女性警察官は顔を紅潮させて返した。

　彼女は頑として、彼の言うことを聞かなかった。仕方なく彼は警察署を後にした。


《まったく、なんて頭の硬い警官なんだ。ま、誠二の父親に会うのは後でもいいだろう。それより誠二を見つけだすほうが先だ。

　彼の名前が次郎のパスポートにあったということは、親戚か親しい友人だろう。彼に会うことができれば、次郎の消息が掴めるかもしれない》

　翌日、クニオがオフィスに着くと繭子が既に出勤していた。

「おはようございます」

　彼女がいつもの笑顔で挨拶した。

「おっ、早いね」

「せんせいが遅いんですよ。それで誠二っていう人のこと分かったんですか？」

「うーん、分かったには分かったんだけど、彼は行方不明だったよ」

「えーっ、またですか。今回は行方不明づいていますね」

「まったくだ、またまた手懸かりがぷっつりだね」

彼は唇を結んだ。

その後、良い手懸かりも見つからず時間だけが経っていった。

《中野署に誠二の父親の住所を訊くことにしようか。そのためには父親本人の確認をとる必要があるけど……》

オフィスで彼がそう思っているとき、繭子が呼びかけた。

「せんせ、テレビ、テレビ！」

テレビを観るとニュースを放映していた。

〈今日午後、中野区のマンション工事現場で男性と思われる白骨遺体が発見されました。警察ではこの遺体の鑑定を行い身元の確認を急いでいます〉

「白骨遺体、中野区……」

クニオは画面を凝視しながら呟いた。

「誠二っていう人も中野でしたよね、ひょっとしたら白骨って……」

「うん、可能性、なきにしもあらずだね」

「じゃあ、警察に行ってみましょうよ」

「いま行ってもしょうがないよ。鑑定結果が出てからでないと」

「あら、そうですよね」

しかし、彼は少しでも早く身元を確認したいと思い、中野署に電話した。

「発見された白骨遺体の身元が分かったら教えて頂きたいんですが」

「分かりました、身元が判明したらお知らせしますから」

この前会った女性警察官が無愛想に応対した。

一週間後、遺体の続報がテレビで放映された。

〈先週、中野区で発見された白骨遺体の身元は北川誠二さんと判明しました。北川さんは

十年前行方不明となり、家族からの依頼で警察が行方を捜していました〉

「あれー、せんせ、テレビでやってますよ！」

繭子が叫んだ。

「うーん、くそー、あの警官、知らせてくれなかったんだ」

「せんせ、どうします？」

「どうしますって、中野署に行ってくる」

「じゃあ、私も行きます」

二人は電車に飛び乗り、中野に向かった。

「身元が判明したら教えて欲しいってお願いしたじゃありませんか！」

中野署でクニオは語気鋭く迫った。

「ええ、でも一応ご家族の承認をとらないといけませんので」

女性警察官は仏頂面で答えた。

「死因はなんですか？」

「これは発表してないんですが、死因は不明です。頭蓋骨や他の骨に損傷がないので、死因の判定が難しいんです」

「それじゃ、殺人ということですか？」

「ええ、殺人も視野に入れてここに捜査本部が置かれる予定です」

「それで、そのご家族というのはどこですか？」

「応接室にいらっしゃいます」

「えっ、ここにいらっしゃるんですか⁉　それなら会わせてください」

「いいですよ、どうぞこちらへ」

女性警察官の案内で、二人は応接室に通された。

「あの、こちら誠二さんのご友人だそうです」

紹介されたのは初老の女性だった。

「初めまして、私、誠二さんの友人のクニオと言います」

クニオは友人を装って挨拶した。

「私はアシスタントの繭子です」

「そうですか、私は誠二の母です。わざわざありがとうございます」

彼女は力なく答えた。

「あの、誠二さんになにがあったんでしょうか?」

クニオが訊いた。

「それが見当もつかないんです。大学四年生のとき突如失踪して連絡がとれなくなって、まさか死んでいたなんて……」

白髪の母親の眼から涙が溢れ出た。

「そうですか。いまお住まいはどちらですか?」

「長崎の大村です」

そう聞いたとき、彼は一瞬、なにかを感じたが、それはすぐに消えてしまった。

「あの、誠二君のお父さんは?」

「亡くなりました、もう五年になります。息子との再会もできないままに……」

母親はハンカチで口許を押さえた。

「あの、こんなときになんですが、実は誠二君の友人の次郎という人を捜しているんです。なにか心当たりはありませんか?」

「……」

「誠二君と次郎という男は幼馴染ではないかと思うんですが、なにか思い当たることはありませんか？」

「……そういえば、そういう名前の誠二の友達がいたように思いますが、なにしろもうだいぶ昔のことですから」

母親は眼を伏せた。

オフィスには夕陽が射し込んでいた。

「殺人事件になっちゃいましたね」

繭子がクニオにコーヒーを運んできた。

「まいったね、彼が殺されていたとはね」

「ほんと、びっくりですね」

「殺されるということは、よほどの怨みを買っていたんだなあ。これでまた情報の糸がぷっつりと切れてしまった」

クニオは天を仰いだ。

「せんせ、途方に暮れていてもしかたありませんよ、気分を入れかえましょ。呑みに行きませんか？」

藺子は珍しく積極的だった。

「藺子ちゃん、呑めるの？」

「少しくらいならお付き合いできますよ」

夕刻、二人は中目黒の居酒屋にいた。評判の店で、早い時間でも店は混んでいた。

「どうだいこの店？」

畳に胡坐を組んだクニオが訊いた。

「レトロでいいですね。こんな店、まだあったんですね」

「僕はビールにするけど、藺子は？」

「ビールはだめだから、スロージンフィズにするわ」

「それにしても、今度の事件は奇妙だね。次郎の過去につながる糸を辿っていくと、みんなぷっつり切れてしまう」

「そうですね、ほんと、変ですね」

「彼の周りの人物が姿を消したり、殺されたり、挙句、本人まで消息が掴めないなんて、この男はどんな生活をしてたんだろう？」

「留学するくらいだから、実家は裕福だったんでしょうね」

「そうなんだな、もうすこし手懸かりがあればいいんだが」

「ところで、せんせいの手懸かりもないんですけど」

「えっ、僕の？」

「そう、もうせんせいのアシスタントになって四か月以上経つんですよ」

「もうそんなになるのか」

「でも、せんせいのこと、私なんにも知らないんですよ」

「そうだったかな」

「そうですよ、だいたいせんせいはどこの生まれなんですか？」

「生まれって、僕だって繭子がどこの生まれか知らないよ」

「そんなことないですよ、だって私の履歴書見てるでしょ？」

繭子の眸（ひとみ）が光った。

「えっ、あ、そうか」

「せんせ、どこの出身なんですか？」

「そんなこと、どうでもいいじゃないか」

「私はせんせいのこと、もっと知りたいんですよ」

「繭子とは長い付き合いになりそうだから、おいおい分かるさ」

「この間、外国人から電話がきたとき、せんせいは英語で話してましたよね」

「うーん、そうだったかな」

「流暢な英語でびっくりしましたわ、どこで学ばれたんですか?」

「どこって、学校にきまってるだろう」

「でもあれはネイティブに近い喋りでしたよ、怪しいなぁ」

「べつに、怪しくなんかないさ」

「もー、今夜は酔いたい気分だわ、お代わりしていいですか?」

「あー、どんどんいきなさい」

「もっと強いお酒がいいわ」

「じゃあ、ホワイトレディがいいかな」

「それって強いんですか?」

「呑んでみれば分かるよ」

　クニオは微笑んだ。

　繭子はクニオと仕事をともにする中で、彼に好意を持っていた。

クライアントの依頼を真摯に執念を持って遂行してゆく彼に、繭子は魅力を感じて胸を熱くしていた。

「どうして今の仕事を始めたんですか?」

「……うーん、とくに理由はないんだけど、人捜しがなんだか天職のような気がしてね」

一瞬、彼は返答に困った。

もとより、彼は探偵や人捜しを仕事にする気などなかった。否、そんなことを想像することすらなかったのだ。ところが、ある日、気がつくと新しいオフィスを構え今の仕事を始めていた。そして、繭子に出会った。

「そうなんですか。でもよかった、こうしてせんせいに会えたんだから。せんせ、恋人とかいるんですか?」

「そんな相手はいないよ」

「ねえ、今度の週末、コンサートへ行きましょうよ」

「コンサートって?」

「……」

「繭子ちゃん?」

グラスを重ねた彼女は酩酊し、テーブルに突っ伏していた。

肩を揺すったが、彼女は眠りに落ちていた。彼はしかたなくタクシーで彼女を自分のアパートへ連れ帰った。

ベッドに寝かせると、彼女は夢を観ているのか寝言を言った。

「お姉さん……」

細面の綺麗な横顔を見ていると、わけもなく懐かしさを覚えた。彼も酔いがまわっており、ソファに横になるとすぐ眠りに落ちた。


混乱した頭を抱えて、彼は起き上がりカーテンを開けた。

「うーん」

朝の光が繭子の顔を照らし、彼女は眼を開けた。

「眼が醒めたかい」

「きゃっ、ここどこ？」

「僕の部屋だよ」

「えーっ、どうしてここにいるのかしら？」

「繭子が慣れないカクテルを呑んだからさ」

「……そうか、クニオさんが介抱してくれたんですね、ありがとう」

「どういたしまして、気分はどう？」

「気分は最高ですよ。だってクニオさんと一夜を過ごせたんですから」

「おいおい、二人の間にはなにもなかったんだよ」

「分かってますよ」

彼女は微笑んだ。

12

真理子は友人とカフェバーで軽く呑んで帰宅を急いでいた。彼女は家族と離れ、通学に便利な都内のアパートに住んでいた。彼女の後を黒い影がつけていることには気づいていなかった。アパートの階段を上がり、二階の自室のドアを開け中に入った瞬間、黒い影が飛び込んできた。

「きゃー！」

驚いた彼女は叫び声を上げた。

「ごめん、脅かしちゃって」

「あ、あなたは……」

男の顔を見て、彼女は二度驚いた。

男は誠二だった。

「驚かす気はなかったんだけど」

「一体どうしたんですか、こんな時間に」

彼女は怯えながら訊いた。

「いや、どうしても、あなたの顔がもう一度見たくなって」

「お会いするなら次郎と一緒にって言ったでしょう?」

「どうしても、二人でお会いしたくて……」

誠二はそう言いながら彼女に近づき手を握ろうとした。

「止めてください、声を出しますよ!」

彼女は精一杯彼を睨んだ。

「わ、分かったよ、今日のところは帰るから、そんな怖い顔しないで」

彼は口惜しげに部屋から出て行った。

《誠二さんってなに考えてるのかしら、まともな人だと思ったのに》

恐怖を拭い去ることができず、彼女はまんじりともしないで一夜を過ごした。

翌日、真理子は大学近くのカフェで次郎と会っていた。

「誠二さんってどういう人？　酷いわ」

彼女は口を尖らせて訴えた。

「いまの話、信じられないよ。そんな奴じゃないんだけど」

「でも、本当のことよ」

「東京に来て、あいつ変わっちゃったのかな？」

「なんでもいいから、もう二度とあの人に会わせないでね」

「はいはい、分かりました、お嬢様」

次郎はおどけて答えた。

それから暫くして、誠二の姿は大学で見られなくなった。

13

クニオの捜索活動は手詰まりだった。仕事を早めに切り上げ自宅に戻り、次の手を考えながらビールを呑み始めた。ビールが身体の隅々に回ったように感じたが、頭は冴えなかった。ビールの次にシングルモルトをロックで口に運んだ。琥珀色の液体を舌に載せるとスモーキーな薫りが口一杯に広がった。

グラスを重ねるうちに、彼は眠りに誘われた。

「どうしたんだ、まだ追いつけんのか？　なにぼやぼやしてるんだ」

いつものくぐもった声だった。

「またか、お前は何者だ？」

「言っただろ、お前の支配者だ。私の支配から逃れることはできんのだ。世間ではお前を病人扱いしているが、笑止千万、お前は病人なんかじゃない」

「病人？　一体なんの話だ」

「なんだ、なにも憶えていないのか？」

「なんのことかさっぱり分からないな」

「お前はいつもそうだった、自分自身のことがちっとも分かっちゃいない。とんちんかんなことばかりしてるから、ますます病人だと思われるんだ」

「僕は病人なんかじゃない、こんなに健康だ」

「お前の病気は外からでは分からないんだ、いや、だからこそお前は人知れず悩み苦しんできたんだ」

「そんなに苦しんだ憶えはないけど」

「お前自身には分からなくても、気づいた医者もいたんだ。それより、女を追わなくていいのか？」

「そうだ、あの女性はどこへ行ってしまったんだ？」

クニオがそう言って、暗闇を透かして見ると、遠ざかる白い服の細身の女性の背中が眼に入った。

「待てーっ」

彼は立ち上がりその姿を追い始めた。

女性は足を大きく動かすこともなく、すーっと速度を上げて遠ざかっていった。彼は遅れまいと懸命に足を速めたが、闇に足を取られ幾度か転んだ。

「なにやってるんだ、しっかりせんか」

支配者の声が降ってきた。

声に駆り立てられ、彼は怖ろしい形相になり、熱に浮かされたように女を追った。走り続けたせいで息が切れ、気が遠くなりかけたとき、前方に一条の光が射した。ふらつきながら光に近づくと、突如視界が開け眩しさに眼が眩んだ。

明るさに慣れてきて気がつくと、彼は丘の麓に立っていた。

下草を踏みながら斜面を登り、丘の上の道に辿り着くと、眼下の湾が一望できた。晴れ上がった空と紺碧の海が遥か彼方で結ばれていた。

なだらかな丘の道を辿ると、涼やかな風が頬を撫で心地好かった。何隻かの大型漁船が白い航跡を曳きながら、湾の桟橋に向けて進んでいた。

《ここはどこだろう、どこかで見たような風景だ……、そうか、次郎の父親を訪ねたとき、この丘を登ったような気がする》

彼は記憶の森を彷徨っていた。奇妙なことに、この前初めて訪れたはずの丘になにか懐かしさを覚えていた。あるはずのない記憶が遥か遠くから蘇るような気がするのはなぜなのか、彼には分からなかった。

丘を縦断する道を辿ると、大きなヒマラヤ杉があり、その根元にあるベンチの横にあの女性が凛とした風情で佇んでいた。

「彼女だ」

そう呟いた彼がベンチの後方から近づいた瞬間、彼女が振り向いた。

「あなたは誰なんですか?」

自身の呼びかける声で、彼は覚醒した。

14

キャンパスのプラタナスが黄緑の新芽を吹き始めていた。

次郎と真理子はキャンパス脇のベンチに座っていた。

「その後、誠二はどう？」

次郎が訊いた。

「あれからは連絡もないわ」

「そうか、よかった、ちゃんと言っといたから」

「なんて言ったの」

「真理子に近づくなって」

「そう、そのひと言が効いたのね、ありがとう」

「今日はちょっと話があるんだ」

「改まってなにかしら？」

「留学することにしたんだ」

「あら、そうなの？　どこの大学？」

「イギリスのエディンバラ大学なんだ」

「へー、そうなの。でも、どうしてイギリスなの？」

「以前からイギリスには興味があったんだ、とくに文化にね」

「文化って？」

「いまの近代の西洋文化のルーツはみんなイギリスにあるんだよ」

「あら、そうなの？」

「僕らも日常でイギリス発祥のものの恩恵を受けてるんだ。例えば、ファッション、靴、それからスポーツなんかもそうだね」

「えーっ、それじゃ、ラグビーもそうなんですか？」

「そうだよ、ラグビー、そしてサッカーもイギリスが発祥地なんだ」

「ふーん、全然知らなかったわ」

「それに自然も素晴らしいね。気候が寒冷だから日本の自然とは違う雰囲気があるんだ」

「そう、イギリスが好きなのね。ところでなんの勉強するの？」

「考古学専攻の予定」

「うわー、かっこいい、いつから？」

「いま準備中だけど、旨くいけば今年の秋だね」

「そう、じゃあ、準備に忙しいのね？」

「うん、まあ」

「とにかく頑張ってね」

彼女は微笑んだ。

《彼女は苦労知らずで育ったお嬢さんだ。留学のことも簡単に考えているようだ。ここまでくるのにどれだけ苦労したか、まったく気にかけてない。彼女と話が合うはずもないんだ。

それに僕というものがありながら、誠二と会うなんて赦せないな。だけど、女とはそういうものなのかもしれない。眼の前に美味しそうな餌が現れると我慢できずに手を出してしまうんだな。

僕の母も同じだ。父の不在をいいことに繰り返し不貞を働いていた。女とはそういう生き物なんだ。真理子もきっとそうなんだ》

次郎は唇を結び、怒りとも怨みとも見える光を湛えた眼で彼女の後ろ姿を見送った。

次郎の母親は彼の留学に反対だった。苦しい家計を預かる母親は金のかかる留学など以(もっ)てのほかと思っていた。そのため次郎は優秀な成績をあげるべく勉強に奮闘し、なんとか留学奨学金を獲得していた。

大学の生命医科学部の実験室で悲鳴が響いた。

「きゃー！」

女子学生が実験用の動物が入っている檻の前で顔面蒼白で震えていた。

「どうしたんだ？」

助手が驚いて駈けつけると、檻の中で数匹のモルモットの頸が斬られ、檻の床は血糊で紅く染まっていた。

「これは酷い」

彼は惨状を見て呟いた。

「誰だ、こんなことをするのは、実験が台無しだ」

他の大学院生が声を上げげた。

「あの窓から侵入したんだな」

助手が壊された窓のロックを指さした。

女子学生は、血の気のひいた蒼い唇でその場に立ちつくしていた。

その後も幾度か同じように実験動物が殺される事件が相次いだ。いずれも動物の頸が見事に斬り落とされ、現場は流れ出た血で染まっていた。

被害に堪りかねた大学は警察に捜査を依頼した。

「見てください、殺された動物たちを」

大学院生が顔を紅潮させ、実験動物の屍骸を指さしながら刑事に言った。

「これはまたなんと言ったら……」

刑事も絶句した。

「これで僕がやってきたゲノム実験が中断され、これまでに得たデータも無駄になりましたよ」

「殺人事件として捜査してください」

助手が真顔で言った。

「あの……動物は器物扱いですから殺人ではないんです」

刑事は苦笑した。

「もうなんでもいいですから、次の事件が起こる前に早く犯人を逮捕してください」

「分かりました、まあ落ち着いてください、早速捜査を始めますから」

その後、捜査は行われたが、遺留品、証拠に乏しく犯人の姿は捉えられなかった。

15

リサーチの進捗がないまま一か月が経っていた。

依頼人のアビスから電話が入った。

「その後の進捗はどうなんだ？」

いつもどおりの厳しい口調だった。

「次郎の友人にまで辿りついたんですが彼は殺されていて、重要な手懸かりが失われてしまいました。また一からやり直しです」

クニオは身体を硬くして答えた。

「言い訳は聞きたくない。やる気があるんなら、もっと手懸かりを探してくるんだ」

「仰るとおりです。さらに力を入れますので、もう少しお待ちください」

彼は平身低頭して電話を切った。

「せんせ、これからどうするんですか？」

繭子が心配顔で口を開いた。

「うーん」

クニオは眼を閉じていた。

「うん、うん、言ってても解決しませんよ」

「うーん」

「もう、大丈夫ですか？」

暫くするとメールが届いた。送信者はアビスとあった。


〈調査目標を見つけるのは難しそうだな。しかし簡単に諦めるわけにはいかん。この目標の人物を捜す充分過ぎる理由がある。

この人物は私の最愛の娘を殺害した疑いがある。私は出張が多く、家を空けがちだったが、ある日帰宅すると娘が殺されていた。それも想像できないほど残忍な方法でだ。

警察は殺人事件として捜査中だが、犯人はきわめて頭脳的で狡猾、警察も手を焼いている。私は目標のこの人物が犯人だと踏んでいる。だから君に依頼したんだ。報酬に糸目はつけないと言ったのは、そういう背景ゆえに、ぜひとも犯人を見つけて欲しいからだ。

私の切なる思いを汲みとってくれ　アビス〉

文面の裏側から深い怨みと哀しみが滲み出てくるようなメールだった。

メールを読み終えたクニオが立ち上がった。

「鎌倉へ行ってくるよ」

鎌倉で応対に出た若い男が一か月でお祖父さんがクルーズ旅行から帰ると言っていたことを、彼は思い出した。

「私も一緒に行きます」

彼と繭子は車で鎌倉へ向かい、前回訪れた家に着いた。

「あの、前回お邪魔しましたクニオと言いますが、お祖父様はお帰りでしょうか?」

インタフォンで、彼が呼びかけた。

「はあ、どんな御用でしょうか?」

女性の声だった。

「隣に住んでいた方のことをちょっとお伺いしたいんですが」

僅かの時間の後、初老の男性が応対に出てきた。

「まあ、上がんなさい」

二人が通された和室の縁側から丹念に手入れされた庭が見えた。庭石とつくばいが置かれ、観宗竹、椿、青木などの木が整然と植えられ、落ち着いた雰囲気を醸しだしていた。

「見事なお庭ですね」

クニオが口を開いた。

「うむ、いまはもう庭の手入れが趣味でな」

老人は微笑んだ。

「隣の住人のことをお伺いしたいんですが」

「そうだな、ずっと以前には二階建ての家があって若い男が住んどったな」

「その人はどこへ行ったんでしょう?」

「この近くで殺人事件があったことはご存じかな?」

「ええ、聞いてます」

「その隣の男というのが殺人事件の直後に姿を消したから、関連があるんじゃないかと噂されたんじゃ」

老人は白い豊かな鼻髭を撫でていた。

「姿を消したというのは？」

「それが奇妙なんじゃ。その日は星の綺麗な夜だったんだが、黒いワゴン車が隣の家の前に停まっていたんで見に行ったんじゃ」

「なんのワゴンだったんですか？」

「それが暗くてよく見えなかったんじゃが、車になんとか精神病院って書いてあったんじゃ」

「精神病院？」

「そうじゃ、その若い男は白い服で身を固めた二人の男達に促されて車に乗ったんじゃ。そうしたら車は猛スピードで走り去ったんだが、そのとき、なにやらぞっとする雰囲気を感じたのを憶えておる」

「そのワゴンはどこへ行ったんでしょうか？」

「場所も病院名もさっぱり分からん……、おっ、そうじゃ、そう言えば、その車のリアに仏像のマークがあったな」

「仏像ですか？」

「そうじゃ、あれは弥勒菩薩のように見えたな」

「そうですか。それはひとつの手懸かりになりそうですね」

「その人は精神病の疑いがあったんでしょうか？」

藺子が訊いた。

「はじめは警察が手配したのかと思ったんだが、容疑者は見つからんと言ってるから、やはりあれは病院の車だったんだろう。そうすると、まあその疑いがあったかもしれんな」

「そうですか、精神病院ですか」

クニオと藺子は顔を見合わせた。

「その人はどんな生活振りだったんですか？」

藺子が訊いた。

「どんなと言われても、ほとんど姿も見かけなかったから、よく分からんね」

「そうですか」

アパートに帰ってきた藺子は心にひっかかるものがあった。事情を訊くためクニオと訪れた鎌倉の老人の家は彼女の実家の近くだった。

《次郎が住んでいた場所が実家の近くだったなんて、単なる偶然かしら。彼が姿を消したのは姉が亡くなった時期と重なっている。ひょっとしたら、姉の死に関わってるのかしら？　でも、なんの確証もないわ》

彼女の胸に幸せだった頃の想い出が蘇ってきた。

保育園に繭子を迎えに来てくれた母親と一緒に帰宅した。

「さあ、繭子は暫く一人で遊んでいてね」

「はーい」

繭子は居間で絵本を開いた。

「ただいま」

その後、姉の真理子が幼稚園から帰ってきた。

「おかえり、繭子と遊んでいなさい」

母親が声をかけた。

真理子も居間に入ってきた。

「あ、それ、私の絵本よ」

彼女が繭子が開いている本を見て言った。

「これ面白いから見せて」

「だめよ、私もまだ見てないんだから」

「いいじゃない、先に見せて」

「だめだめ」

彼女は絵本を繭子の手から取り上げようとした。

「いやだー、見せて」

繭子が本を引っぱって抵抗すると本がびりっと破れ、真理子は床に尻餅をついた。

「あー、痛い」

「まあ、なにやってるの。繭子はお姉さんの言うことを聞きなさい」

母親がキッチンから出てきた。

「はーい」

繭子は不満気に本を手放した。

「もう、こんなになっちゃったじゃない」

真理子は繭子を睨んだ。

「お姉さんなんだから、繭子を赦してあげなさい」

「分かったわ」

真理子は余裕をみせて微笑んだ。


夏になれば家族で近くの海へ出かけた。

「あんまり遠くへ行くんじゃないよ」

浮き輪を身につけて海へ入って行く姉妹に父親が声をかけた。

商社勤めの彼は海外出張が多く、家族と過ごす時間は限られていた。腰のあたりまで海に浸かって遊ぶ姉妹の姿は天使に見えた。この子たちのために仕事に精を出さなきゃ、と彼は改めて思った。

「今度はいつまでいられるの?」

砂浜に敷いたキャンプシートに座った妻が訊いた。

「うーん、一か月ほどは日本かな」

夫が答えた。

「そう、よかったわ、子供たちも喜ぶわ」

「お前一人に苦労をかけてすまないね」

「しかたないわ、あなたはお仕事頑張ってくだされぱいいのよ」

妻は優しく微笑んだ。

父親は繭子をとくに可愛がっていた。真理子のほうの出産は問題なかったが、繭子は早産で、生まれたとき身体も小さく、両親は気を揉んだが、そんな心配をよそに順調に成長していった。

「繭子が生まれたときはほんとうに心配したけど、ちゃんとここまで育ってくれた」

「そうね、あなたはとくに繭子が可愛いんでしょ？」

「うん？　いや、そんなこともないけど。真理子はお前に似て美人過ぎるから繭子を応援したいだけさ」

「まあ、あなたったら」

二人は微笑み合った。

「おーい、もう上がりなさい」

父親が声を上げると、水遊びに夢中だった姉妹が砂浜に上がり、キャンプシートに帰ってきた。

「もっと遊びたいな」

繭子が言った。

「少し休んでからね」

母親がマシュマロのような姉妹の肌をタオルで拭きながら言った。


父親が不在がちの中、姉妹は母親の懸命の支えと互いの助け合いにより成長していった。しかし、母親を頂点にする美しい三角形のような生活は突如不幸に見舞われた。ある日、母親が心筋梗塞に襲われ、急死した。

朝、眼を醒ました真理子は、いつもならキッチンにいる母親の姿が見えないのに気づき、母親の部屋に入ると、母親はベッドの中でぐったりとしていた。

「お母さん、お母さん！」

真理子は母親の肩を揺すったが彼女が応えることはなかった。

彼女は必死の思いで救急車を呼んだが、母親はすでに死亡していた。

「お嬢ちゃん、お父さんは？」

死亡を確認した消防隊員が訊いた。

「お父さんはいないの」

「えっ、お父さん、どうしちゃったの？」

「お仕事で日本にいないの」

「えーっ、そうなの、連絡とれるの？」

消防隊員は戸惑った。

「はい、携帯で連絡とれますから」

妻の死に目に会えなかった父親は、真理子からの連絡で急遽帰国し、哀しみの対面を味わった。真理子は小学校へ、繭子は幼稚園に入ったときだった。

葬儀の後、父親は自室にこもり、むせび泣いていた。

《ごめん、お前が死んだのは僕のせいだ、赦してくれ。仕事にかまけて子供たちの世話をみんなお前に押しつけてきたからだ……、これからは子供たちの面倒を見ることにするよ》

妻の死因は過労とストレスによる心筋梗塞と診断されていた。その後、父親は仕事をセーブし、姉妹と過ごす時間を増やしていった。

亡くなった妻への愛も込めた父親の深い愛情に支えられ姉妹は成長を果たし、真理子は大学へ、繭子は高校へ進学した。姉妹が涙に暮れることもなく、母親の死を受け入れ、しなやかに生きていることが父親にとって救いだった。


キッチンでは夕食の準備が進んでいた。

「お姉さん、そっちはもうできた？」

繭子が訊いた。

「ええ、スープはもうできるわ、あとは繭子の魚よ」

姉の真理子が微笑んで答えた。

「任せて、いま準備してるから」

繭子は縁側に七輪を出して、炭の火を熾し始めた。

「まあ、手間がかかるのね」

「お父さん、魚の焼き方にうるさいんだから。でも、今日はカサゴに備長炭、完璧だわ、これなら文句ないはずよ」

商社勤めの父親は海外出張で家を空けることが度々だった。夕刻、そんな父親が出張先から帰宅する予定になっていた。

カサゴが香ばしく焼き上がるころ、自宅前にタクシーが停まった。

「いいわ、私が出るから」

真理子が玄関に父親を迎えに出た。

「お帰りなさい」

「おー、ただいま」

父親は大きなスーツケースを引きずって玄関に入ってきた。

「お帰りなさーい」

キッチンで、繭子が彼を迎えた。

「繭子も元気だったのか？」

「勿論、元気ですよ。もうご飯できてます、和食ですよ」

「ありがたい、ずっと洋食ばかりで辟易してたからね」

「そうですよね。お酒は日本酒がいいですわね？」

真理子が訊いた。

「うん、そうだな」

三人は食卓に着き、冷酒で乾杯した。

姉妹がまだ小さいときに母親が亡くなり、父親は男手ひとつで姉妹を育ててきた。それだけに彼は姉妹に深い愛情を注いでいた。

「お父さん、出張でなにか面白いことなかったの？」

繭子が訊いた。

「今度の出張はニュージーランドだから、とくに目新しいものはないね」

「いいですわね、自然の美しい国でお仕事ができて」

真理子が言った。

「おいおい、お父さんは遊びに行ってるわけじゃないんだぞ」

「はいはい、分かってます」

繭子がおどけて応えた。

「でも、ニュージーランドの自然はすごいんでしょう？　マウント・クックとかミルフォードサウンドとかアウトドアが一杯愉しめそうですね」

真理子が言った。

「出張では遊ぶ時間がないからな。お父さんが仕事を辞めたら連れてってやるよ」

「うわー、ほんと？　嬉しい」

「あー、それから、今度は忙しかったからお土産はないぞ」

「分かってますよ。お土産はなくても、お父さんが無事帰ってくれれば、それでいいんです」

真理子が微笑んだ。

《娘たちには満足なこともしてやれず随分苦労をかけた。時間ができたら、できるだけ一緒に過ごして愉しい思いをさせてやりたい》

父親は心の中で呟いた。

16

クニオと繭子はオフィスで顔をつき合わせていた。

「精神病院を当たってみるか」

「でも、精神病院といっても一杯ありますよ？」

「そうだな、なにか目星になりそうなものはないかな」

「あのお爺さん、仏像のマークを見たって言ってましたよね？」

「そうだな、弥勒菩薩みたいって言ってたな」

「なにか宗教と関係があるのかしら？」

「そうか、宗教法人だ、それも仏教関係だな」

「その線で検索してみましょう」

検索の結果、多くの宗教法人があったが、中で病院を経営している法人がふたつヒットした。ひとつはキリスト教セイント病院で、主に結核患者が入院する療養所だった。残ったひとつは「菩薩精神病院」。この病院は「菩薩正教」という宗教団体の傘下にあった。


この病院のホームページには次のように記されていた。

〈この病院は精神に障害をお持ちの方、精神病と診断された方の病院です。個室でお一人お一人にきめ細かい充分な診断と治療を行います。他病院で治癒しなかった方、治療を諦めた患者さんのご家族にぜひお薦めしたい病院です。

どのような障害をお持ちの方でも治療をお引き受けいたします。当病院は完治のうえ社会復帰を実現する最後の場所なのです。この最後の楽園にいますぐ入院されることをお薦めします〉

トップページには象徴的な弥勒菩薩像が見られた。万人を抱擁するような柔和な表情とスリムな坐像の下半身を包む黄金色の衣装の襞が眼を惹いた。

「これだ、これに間違いない」

クニオが画面を凝視した。

「そうですね、これだわ」

繭子も頷いた。

「この病院のこと気になるな、ちょっと調べてくれない？」

「了解しました」

繭子は微笑んで答えた。

翌朝、クニオが出勤すると、繭子はひと仕事終えていた。

「せんせ、遅い遅い」

「いやー、寝坊しちゃって、病院のことなにか分かった？」

「ええ、あそこはベッド数八十、すべて個室です。医師は専属が五名、他に週に何回か出勤する嘱託医が五名、すべて国立大医学部で精神科を専攻しています。それに看護師が二十名」

「ふーん、大きな病院なんだな」

「患者は平均一〜二年入院して、完治すると退院しています。患者のサイクルはけっこう早いですね」

「治癒率が高いってことかな？　もう少し詳しいことが知りたいね」

「これ以上の情報はネットにはありませんね」

「あとは実地調査しかないね」

クニオはにやりとした。

葉山にある「菩薩精神病院」は海を見渡す丘の上で、白亜の建物に海風を一杯に受けて静かな佇まいをみせていた。

クニオと繭子は玄関に立っていた。

「綺麗な病院だね」

「ほんと、こんな病院なら快適に過ごせそうだわ」

クニオは受付へ歩みを進めた。

「あの、以前ここに入院していた白川次郎さんについてお伺いしたいんですが」

「あの、どちら様でしょうか？」

「クニオといいます、その次郎さんの友人なんです」

「いつごろ入院されていた方ですか？」

「十年ほど前です」

「そんなに昔のことですか。それなら事情が分かるのは院長ぐらいですね」

「そうですか、ぜひ院長先生にお会いしたいのですが」

「少々お待ちください、院長に連絡をとってみますので」

ラウンジで待っていると、受付嬢がやって来た。

「院長がお会いになります」

彼女の案内で二人は院長室に通された。

「初めまして、クニオと申します」

「院長の剣持です。まあ、おかけください」

初老で恰幅のいい院長が答えた。

「私の友人の白川次郎という人物を捜しておりまして、彼についてお分かりのことがあればぜひお伺いしたいと思いまして」

「ほう、どういう経緯でここへ来られたのかな？」

「実は、ある人から、彼がこの病院へ入院したのではないかと聞きまして」

「白川ね……、ちょっと記録を調べてみましょう」

そう言って、剣持は事務長の桐山勇に連絡をとった。

「失礼します」

桐山が部屋へ入ってきた。

「どうかな、白川という患者のことは？」

院長が訊いた。

「たしかにその方は入院されていましたが」

「そうですか、それはいつですか？」

クニオが訊いた。

「えーっと、十年前に入院され、二年後に退院されてますね」

「そうなんですか、病気は治ったんですか？」

繭子が訊いた。

「ええ、完治して退院されました」

「どういった病状だったんでしょう？」

クニオが身を乗り出した。

「申し訳ありませんが、それは個人情報になりますのでお答えはできません」

桐山が即座に応えた。

「そうですか……、退院後どうされたかご存じですか？」

「さあ、退院後のことまでは把握しておりませんので」

桐山の態度はそっけなかった。

帰路、車は輝く海を右手に海岸通りを疾走していた。

「またこれで糸が切れてしまったな」

ハンドルを握るクニオが溜め息をついた。

「そんなことないですよ。病気だったけど、治って退院したことまで突き止めたんですから」

「まあ、今日のところはよしとするか」


クニオたちが帰った後、桐山は院長室に残っていた。

「まずいことになったね」

剣持が口を開いた。

「たしかに近所の住人に車を見られたのは失敗でしたね」

桐山は眉間に皺を寄せた。

「あの、クニオという男はなにを調べてるのかな?」

「ただ友人の行方を追っているだけでしょう、心配は要らないと思いますが」

「まあ、それならいいが、ここでやっていることが万一公(おおやけ)になったら大スキャンダルになるからな、充分慎重に頼むぞ」

「承知しております、お任せください」

《クニオという男は一体なにが知りたいんだろう？　友人に会いたいというにしては、いやに熱心だったが、これ以上動き回られると困ったことになる》

クニオの動きは剣持の不安を掻きたて、過去の記憶を呼び戻した。

大学の医学部で会議が開かれていた。

「精神神経学会でロボトミーが禁忌とされたことで、本学でも今後この手術を禁止とします」

学部長が宣言すると、室内が動揺した。

「しかし、ロボトミーは本学が日本をリードして推進してきた手術方法ですよ。いまさらそれを禁止するなんて考えられません」

剣持准教授はすぐさま声を上げた。

「剣持君、まあ、落ち着きたまえ。禁止は部の総意なんだ。それにほかの大学も禁止の方向で動き出しているんだ」

学部長が返した。

「他大学はいざ知らず、ロボトミーは本学が世界のトップに立つまたとないチャンスなんですよ。いま止めればこれまでの苦労が水の泡になります」

「君も精神科医なら分かるだろう。このところいい治療薬が次々と開発され、臨床で投与されている。その結果、治癒率も上がり、リスクの高い手術は必要ないんだよ」

「治癒率が改善されたなんて信用できません。統計は製薬会社の捏造です。現に私の患者でも薬を投与しても薬効のない患者が多数いるんですよ」

彼は語気を強めた。

「剣持君、学部長の話を聞いていなかったのかい？　ロボトミーは失敗するリスクが高いんだよ。手術失敗の例は欧米に多くみられる。そんな手術を続けるわけにはいかんだろう」

教授の一人が発言した。

「いえ、それだからこそ、安全な手術法を開発すべきではないんでしょうか」

剣持は反論した。

「君の言うことにも一理あるが、本学の病院に一日どれだけの患者が押し寄せてるのか分かっているのかね？　われわれはまずそれら患者への対応を優先すべきじゃないのかね？」

別の教授が口を開いた。

「臨床と研究は別に考えるべきじゃないんですか？」

「君の熱意は分かるがね、とにかく本学ではロボトミーは禁止とする、分かったね」

「……」

学部長のひと言で以降、ロボトミーは禁止となった。

その日の夕刻、剣持は学部事務長の桐山と会っていた。席をとったカフェに客はまばらだった。

「大変なことになりましたね」

桐山が口を開いた。

「こんなことになろうとは、まったく予想していなかったよ」

「大学が急に禁止を言いだしたのは、やはり学会の決定が影響してるんですかね？」

「勿論それもあるが、欧米で失敗例が相次いで報告されているから、それも理由のひとつだろう」

「それと統計の話がありましたけど、あれも怪しいですね」

「どう怪しいんだね？」

「投薬で治癒率がいいとなればますます投薬量が増え、製薬会社の売り上げが伸びるってわけですよね」

「そう言えば出入りのＭＲ（医薬情報担当者）が頻繁に姿を現すようになったな。ひょっとしたら教授連中に金でも流れているのかな」

「それですよ、充分に可能性がありますよ」

「やれやれ、そうなるとこっちに勝ち目はないね」

「どうするんですか、先生」

「そろそろ身の振り方を考えるときかもしれんね」

「そこまでお考えなんですか？」

「ああ、もうここにいても梲（うだつ）が上がらないだろう。新しい手術法を開発しようと思ってたんだが今の状態では無理のようだし」

「先生が転職されるときには私も連れてってください」

桐山は剣持が研修医のときから彼と付き合っていた。彼らは進取の気性に富んでいることで気が合い、保守的な大学の運営方針とは相容れなかった。

「うん、分かったよ。そうは言っても、転職先はこれから探すんだから、すぐには難しいかもな」

「それなら私に任せてください。病院仲間のネットワークで当たってみますから」

「そうか、君なら人事情報も手に入るんだな」

「ええ、ポジションに空きが出ればすぐに分かりますから」

「じゃあ、ひとつ頼むよ」

その後、教授会での提案が受け入れられなかった剣持は仕事への意欲を失っていった。


学部長室でＭＲが学部長と相対していた。

「ぜひこの新薬をお試しください。間もなく治験も終了の予定です」

「そうかね。しかし、最近は抗精神薬も新しいのが開発されて、いろんな製薬会社が売り込みにくるからね、なにか特徴とか君のところを選択する大義名分が立たんと難しいかもしれんな」

学部長はにやりとした。

「ご心配いりません、薬効は治験で充分に証明されていますから。ところで、息子さんが医学部に合格されたそうですね。これは心ばかりのお祝いですが……」

ＭＲは分厚い茶封筒を差し出した。

「ほう、それはすまんね」

学部長はそれを受け取って中身を一瞥した。

「それでは、なにとぞ宜しくお願いいたします」

挨拶をしてＭＲは部屋を後にした。

ＭＲは主だった教授を接待で酒浸けにしたり、彼らに学部長に渡したのと同様の茶封筒を渡していた。

《医者も人間だ。欲と金にまみれているんだ。ちょっと美味しい餌を播いてやればこっちの言いなりになる》

ＭＲは一人ほくそ笑んでいた。

剣持と桐山は居酒屋で相対していた。

「いいところが見つかりましたよ」

桐山が口を開いた。

「ほう、どこだい？」

「神奈川県の葉山にあるクリニックです」

「空きがあるのか？」

「そこの医師が親の介護のため実家の富山に帰るそうなんです。それで代わりを探しているんです」

「そうか。それにしても、よくそんな事情が分かるね？」

「人事に関わる担当者はみんな人事情報に敏感なんですよ。辞めていく人がいればまた人を採用する必要がありますからね」

「なるほどね。そこはなんて言うクリニックなんだ？」

「菩薩精神病院っていうところです」

「菩薩……、どこかで聞いたような名前だな」

「ええ、このクリニックの経営母体である菩薩正教が派手な宣伝を打って一時期話題になったでしょう？」

「おー、そうか、それで憶えていたのか。それにしても宗教団体がバックとはぞっとしないな」

「ええ、たしかにそうなんですが、今回辞める医師はロボトミーをやっていたという噂があるんですよ」

「えっ、そうなのか？」

「クリニックはロボトミーのことを否定しているんですが、その医師にロボトミー施術をされたという患者が何人もいるんです。マスコミがそのことを嗅ぎつけて取材もしているようなんです」

「そういうことか。いささか問題含みのようだけど、いちど面接を受けてみようか」

「分かりました、先方に連絡をとってみます」


一週間後、剣持は葉山にある菩薩正教の本部を訪ねた。彼が通された応接室からは紺碧に輝く葉山湾が一望できた。

「間もなく大僧正が来られますのでお待ちください」

秘書と思われる女性がお茶を置いて出て行った。

随分待たされて彼が痺れをきらしたころに、秘書がドアを開け恰幅のいい老人が入ってきた。

「大僧正の雲海です」

「剣持と申します」

ソファから立ち上がって、剣持が頭を下げて挨拶した。

「まあ、楽にしてくだされ」

七十前後と思われる雲海は、白髪で顎にも豊かな白髭を蓄えていた。

「ありがとうございます」

彼はソファに座った。

「わが菩薩精神病院へ来て頂けるんですか?」

「はあ、ぜひお願いしたいと思います」

「大学病院にいらしたんですな、うーむ、こちらとしてはぜひ来て頂きたいご経歴ですな。わが宗門についてご存じかな?」

「申し訳ありません、宗教にはとんと縁がありませんで、菩薩正教につきましても存じあげません」

「そうですか、正直に応えて頂いてよかった。わが宗教と病院は直接的な関係はないんじゃが、ま、人助けができればと思って始めたんじゃ」

「そうですか、ご立派なお心がけ感服いたします」

彼は神妙な顔で答えた。

「もし、採用となればいつから勤務できるんじゃ?」

「はあ、一か月もあれば問題ないかと思います」

「そうかね、私は医学のことはよく分からんから、詳しいことは事務長から聞いてくれるかな」

「承知しました」

入れ替わりに事務長が部屋へ入って来た。

「事務長の赤木です、大体のことは大僧正から聞かれたと思いますが、いかがですか?」

「ええ、お伺いしました」

「私からはひとつだけ確認させて頂きたいんですが」

「はい、なんでしょうか?」

「これはここだけの話にしてほしいんですが、うちの病院ではロボトミーを行っています。

これは精神病患者を救いたいという大僧正の強い希望なんです」

「そうなんですか」

「あなたもこれまでロボトミーの実績をお持ちとのことですが、今後ともロボトミーを続けるご意志はお持ちですか？」

「ロボトミーは私が一貫して研究してきたテーマです。これからも続けたいと思っています」

「そうですか、そうお伺いすれば心強い限りです」

赤木は安堵して微笑んだ。

「大僧正はロボトミー支持者なんですか？」

「私どもの信者には心を病んでいる方が多くいらっしゃいます、いや、だからこそこの宗教を最後の拠り所として菩薩正教の扉を叩かれるのです。大僧正はそんな信者に対してロボトミーが助けになると信じていらっしゃるのです」

「なるほど」

「病院でさまざまな治療を受けたが治癒しなかった信者の方が多数いらっしゃいます。大僧正はそのような方を救いたいとお考えなのです」

「私もまったく同感です」

《ロボトミーは救いを求める患者を助ける最後の手段かもしれない。そうするとロボトミーと宗教は相通ずるものがあるのかもしれない》

赤木の話で剣持はロボトミーへの情熱をいっそう膨らませた。

一週間後、菩薩精神病院から採用通知が届いた。剣持は大学に退職届を出し、一か月を待たず大学を去った。大学の方針に反対し、ロボトミーを主張する彼の退職を、大学は密かに歓迎した。

十日ほどの休暇を経て、彼は菩薩精神病院へ出勤した。

「ようこそわが病院へ」

院長が彼を迎えた。

彼はまだ若く、四十歳前後に見えた。彼はロボトミーには反対で、大僧正とは意見が相容れず近く退職するだろう、と剣持は赤木から聞かされていた。これを聞いたとき、辞める医師というのは院長のことだったのか、と納得した。

「宜しくお願いいたします」

剣持はすべてのスタッフに紹介され、早速仕事にとりかかった。

「剣持先生、こちらへどうぞ」

若い女性看護師に案内され、病室を巡回した。

「君はここへ来てどれくらい経つんですか？」

「まだ一年です。でもここは大変みたいですよ」

「えっ、それどういうことかな？」

「時々、夜中に急に手術が始まるんですよ。私は立ち合ったことはなくて、先輩が助手をしてたんですが」

「ふーん、そうなの」

それは多分ロボトミーが施術されたんだ、と彼は思った。

半年後、院長は退職し、剣持が院長に昇格した。

彼は早速、桐山に連絡をとり、菩薩精神病院に来るように誘った。

桐山は剣持の誘いを受け、僅か二週間で大学を辞め、菩薩精神病院へ転職してきた。

「大学のほうは大丈夫なのかな？」

剣持は病院の応接室で桐山と話していた。

「今辞められると事務が停滞するから、と言って引き止められましたよ。しかし、事務は誰でも引き継いでできますからね、思い切って辞めてきました」

そう言って、桐山は笑みを見せた。

「そうか、それならよかった。君にまず調べてもらいたいのは、ここのロボトミーの施術記録だ。過去に遡って何件ぐらい実績があるのか知りたいんだ」

「分かりました、早速かかります」

一週間ほどかけて、桐山は過去のカルテを調べつくした。その結果、過去にこの病院で行われたロボトミーは僅かに三件のみということが判明した。

「どうだい、分かったかな？」

会議室で剣持が訊いた。

「ええ、過去行われたロボトミーは三件のみです」

桐山が小声で答えた。

「そうか、やっぱり大僧正はそれが不満で院長を替えたかったんだ。それが今回、僕が転職できた理由だろう」

「そのようですね。いずれにせよ、これで先生が信奉するロボトミーに挑戦することができそうですね。私も協力を惜しまないつもりですよ。ここに引っぱってもらったこと、感謝してますから」

二人は微笑み、力強く握手を交わした。

それから菩薩精神病院では週一回のペースでロボトミーが実行された。ロボトミーを繰り返すことで貴重なデータが蓄積されていった。ロボトミーは副作用が発生するリスクが高く、それが禁忌となった所以だったが、多くの施術例から副作用を克服できる、と剣持は信じていた。

「かなりのデータがとれましたね」

会議室で桐山が資料を見ながら言った。

「うん、だがもっと症例が欲しいね。どういうケースで問題が発生するのかまだ判然としない。問題発生の原因を突きとめれば、ロボトミーは最も安全で効果のある施術だと認められるはずだ」

「そうですか。しかし、そのためにはもっと多くの患者が必要ですね」

「そのとおりだ。ロボトミー用の患者を連れて来る必要があるね」

「分かりました、お任せください」

桐山の眼が光った。


桐山勇の実家は江戸時代から続いた医者の家系だった。物心ついたころから医師になることを運命付けられて育った。

父親は日本橋で代々受け継がれた診療所を院長として経営していた。母親は銀座の香老舗店の娘だった。

「勇、勉強してるのか?」

父親が自室にいた勇に声をかけた。

高校での期末テストの成績が芳しくなく、父親は不機嫌だった。

「はい、勉強はしてるんですが」

「嘘つけ、ちゃんと勉強してるならこんな成績になるわけないだろう」

強い口調だった。

祖父から医者としての訓練を受けてきた父親は教育に厳しかった。

「……」

「今度こんな成績をとったら承知せんからな」

「分かりました」

勇は俯いて答えた。

彼が溜め息交じりに外を眺めていると、母親が入って来た。

「またお父さんに叱られたのね。しょうがないわね。もう少し頑張って勉強しなさい。お兄さんはそんなに勉強しなくても医者になったのよ」

兄は難なく国立大学の医学部を出て大学病院に勤務していた。

「そんなこと言ったって、兄貴とは頭の出来が違うから仕方ないよ」

勇は不機嫌に答えた。

「そうね、人間は向き不向きがあるから勇の言うとおりかもしれないわね。身の振りかたは自身で考えないといけないわね」

そう言って、母親は部屋を出て行った。

いつも兄と比較される日常に、彼は辟易していた。その後、両親に反抗して受験勉強を放棄した彼は受験に失敗し浪人の身の上になった。

「情けない奴だ、浪人なんてみっともない。恥ずかしいとは思わないのか。うちの家系で浪人なんかした親戚は一人もいないぞ」

夜遅く帰宅した兄は彼を烈しくなじった。兄は子供のころから父に可愛がられ、一心不乱に勉強に邁進し一流大学に合格、卒業後医師となった。周りの眼を気にすることもなく、脇目もふらず目標に突き進んだ彼は挫折というものを知らず、他人への思いやりには欠けていた。

兄の嫌味で発奮した勇は懸命に勉強し、医学部ではなく文系の学部を選択し合格した。両親にとっては満足のいくことではなかったが、致し方なかった。卒業後は予て（かね）興味のあった大学病院に事務職として就職し、そこで剣持と邂逅した。運命的な出会いだった。


桐山は白川次郎が病院へ連れてこられたときのことを思い出していた。

「次郎さんですね、あなたには入院が必要です」

次郎がドアを開けると、白衣に身を包んだ二人の男が立っていた。

「えっ、なんのことだ？」

抵抗する間もなく、彼は男たちに抱きかかえられるように黒いワゴン車に乗せられた。

ワゴンは海岸通りから南へひた走り、丘の上の建物に着いた。

「さあ、降りてください」

彼は男たちに両腕を掴まれながら仄暗い廊下を進み、明るい部屋に入った。

「ようこそわが病院へ」

デスクの向こうで桐山がにこやかに口を開いた。

「病院？　なんで僕が病院へ」

「次郎さん、あなたは病人です」

「病人？　僕は健康ですよ」

「そう思ってらっしゃるところが病気なんですよ」

「どういうことですか？」

「あなたは精神障害をお持ちで、二重人格の傾向があります」

「そんなことはないですよ、僕はまともですよ」

「まあ、いいでしょう、検査をすればはっきりしますよ。とにかく個室に入って頂きます」

「なにを言ってるんですか、お断りします」

彼がそう言った瞬間、後ろに立っていた白衣の男が素早い動作で注射器を次郎の首筋に刺した。

「うー」

次郎は呻き声とともに、テーブルに突っ伏した。

「隔離病室に入れておけ」

桐山の指示で、男たちは次郎をストレッチャーに乗せ、長い廊下を運んで行った。彼を隔離病室に入れ、ベッドに寝かせると、部屋を出て鍵をかけた。


江ノ電を降りた真理子は坂道を登り、灯りのない玄関の引き戸を開け、家の中に入った。自室で着替えをすませ、キッチンに入り夕食の準備を始めた。

彼女は父親と妹と住んでいるが、その日、父親は出張で不在、妹も友人と国内旅行に出ていて不在だった。

夕食後、疲れを覚えた彼女は寝ようと思い自室に入ったが、その瞬間、黒い影が眼の前に躍り出た。

「きゃー、あ、あなたは」

彼女は悲鳴を上げた。

頭にはタクティカルキャップ、全身黒装束の男の手にはサバイバルナイフが光っていた。恐怖で動きを失った彼女に、男は突進した。

どれくらい時間が経ったのだろう、男は鮮血に塗（まみ）れ床に横たわった彼女を茫然と見つめていた。やがて彼は納戸から灯油缶を運び出し、部屋中に灯油を撒き、ライターで火をつけた。火は瞬く間に燃え上がり、彼女の全身は焔に包まれた。

「うー」

半意識の中で次郎の瞼に深紅の焔が映っていた。

小さな窓から射し込む朝陽を浴びて、次郎は覚醒した。身体は重く、意識は朦朧としていた。錨（いかり）を引きずるような重い身体で立ち上がると、窓の向こうに紺碧の海が広がっていた。外に出ようと思ったが、施錠されたドアは開かなかった。

《病院とか言ってたけど、ここは一体どこなんだ？　僕が病気というのはなぜなんだ？　うーん、頭が痛いのは多分睡眠薬を打たれたせいなんだろうな》

午後、医師が次郎の病室を訪れた。

「気分はどうですか？」

中年の医師がおもむろに口を開いた。

「最低ですよ、それよりなぜ僕がこんなところに入院しなきゃいけないんですか？」

「あなたは精神病の疑いがあるからです」

「そんなことありませんよ、僕はきわめて健康です？　早く出してください！」

次郎は声を荒げた。

「まあまあ、落ち着いてください。これから検査しますから、その結果を見て決めましょう」

医師はそう言って部屋から出て行った。

その日から、さまざまな検査が行われた。身体検査に始まり、各種の心理テスト。そして精神分析医によるカウンセリングが実施された。

「身体の力を抜いて、リラックスしてください」

カウンセリングルームで横になった次郎に五十代の女性の分析医が言った。

「こんな状態でリラックスできるわけがないでしょう」

彼は女医を睨んだ。

「さあ、落ち着いて、心を静めてくださいね」

「……」

「では、最初の質問です。あなたは人を殺したいと思ったことがありますか？」

彼女は手慣れた感じで質問し始めた。

「そんなことありませんよ」

「では、第二の質問。あなたは女性を愛したことがありますか？」

「……」

「第三の質問。あなたは愛されていると感じたことがありますか？」

「……、あると思いますが……」

「第四の質問。愛する女性に裏切られたとき、あなたはどうしますか？」

「とっちめたうえで、別れますね」

「第五の質問。あなたは母親を愛していますか？」

「ええ」

「第六の質問。愛する人が殺されたら、あなたはどうしますか？」

「どうって、一日も早く犯人が逮捕されるように願いますよ」

「最後の質問です。愛する人を殺した犯人が刑期を終えて出所したらどうしますか?」

「どうもしませんよ。彼に何を言っても愛する女性はもう帰ってこないんですから」

「分かりました。今日はこれで終わりますが、また数回カウンセリングをすると思いますので宜しくお願いします」

再び一人になり、彼は手狭な部屋を見渡した。部屋の隅にベッドがあり、もう一方の隅にはトイレがあり、拘置所の独房のようだった。こんな部屋で一体いつまで監禁状態にされるんだろうと思うと、彼は一瞬、言い知れぬ脅迫観念に襲われた。

日に三度運ばれてくる食事も粗末で美味いとは言えなかった。他室との接触もなく、自身の他にはどんな患者がいるのかも分からず、彼にはひしひしと孤独感が迫っていた。

カウンセリングの翌日、担当医が部屋を訪れた。

「分析の結果、あなたは心理的に緊張状態が見られ、脳が異常に興奮しているとの診断でした、それで、当面、鎮静剤を投与することにしましたので呑んでください。朝と夜、食後に一錠ずつ」

彼は白い紙袋から錠剤のパッケージを半分取りだして、次郎に見せた。

「変な薬じゃないでしょうね?」

次郎は上目遣いで訊いた。

「なにを言うんですか。あなたの症状を改善するためですよ、呑むのを忘れないように」

担当医は念を押すように言った。

ある夜、彼は叫び声を聞いたような気がして眼を醒まし、仄暗さのなかで耳を澄ませた。

「ぎゃー！」

断末魔のような声が廊下に響いていた。

彼は息を殺して身構えたが、もう声は届いてこなかった。

同じような声は幾日かの間隔を置いて響いていた。それはいつも夜だった。

《あの声は一体なんなんだ？　動物が絞め殺されるような声だ。ここではどんなことが行われているんだろう》

菩薩精神病院では薬物治療の効果が出ない患者に対して継続してロボトミーが行われていた。ロボトミーは脳の前頭葉の一部を切除する手術で、精神外科の一術法であり、既に効果がなく有害であることが明らかになっているひと昔前の治療法だ。ロボトミーを受けた患者の中にはてんかんを引き起こしたり、烈しい鬱症状に陥り廃人になる者もあった。しかし、病院長の剣持はロボトミーを信奉し施術を続けていた。術後、前にも増して精神の安定を失った患者が深夜、動物のような叫び声を上げているのだった。

この異様な叫びを聞くたびに、次郎は背筋が凍るような恐怖心に襲われた。

患者の叫び声で恐怖に駆られた次郎は脱出を決意した。

深夜、彼はドアの鍵を開けようとしていた。カウンセリングルームでこっそり手術器具の神経根レトラクターを手に入れていた。耳掻きのようなその器具の先端を鍵穴に突っ込み何回か試行したところ意外なことに簡単に鍵は開錠した。部屋の外に出た彼は仄暗い廊下を進み、廊下の窓から外に飛び出した。その途端、警報が鳴り響いた。

彼はフェンスを乗り越え、病院裏の雑木林に分け入り、斜面を一気に駆け下りた。灌木の林から坂道に出たところでライトで照らされ、彼は反射的に掌で光を遮った。

「もう逃げられないぞ」

声とともに白衣の男たちに両腕を捕られ、抱きかかえられるようにして、彼は引きずられていった。

夜が明ける前に、彼は元の部屋へ連れ戻された。

「逃げ出すなんて馬鹿なことを考えずに、病院の言うとおりにしておけばいいんだよ。院長先生がちゃーんとしてくれるんだから」

白衣の男はにやりとして立ち去っていった。

次郎は男の不気味な笑みと、発した言葉の意味が解らなかった。

17

葉山の海に夕陽が沈み、空は茜色に暮れなずんでいた。

クニオは菩薩精神病院から下ってくる坂道の下に停めた車の中にいた。辺りに夕闇が迫るころ、中年の女性が坂道を下って来た。

「あの、失礼ですが、病院の方ですね？」

車から素早く降りた彼が女性に声をかけた。

「ええ、そうですが」

いきなり訊かれた女性は彼を訝った。

彼女は篠木という看護師長だった。

「病院のことについてちょっとお伺いしたいんですが」

彼は事情を話し、彼女を海辺のカフェに誘った。

「あそこにはひとつ変なことがあるんです」

彼女が口を開いた。

「なんですか」

「時々深夜に患者さんが大声で叫ぶことがあるんです、凶暴な症状のある患者はいないはずなんですが、泊まり勤務のときにその声が聞こえてきて、ほんと怖いんですよ」

「そうなんですか」

「それから、そのお友達の白川さんのことは憶えていますよ」

彼女は静かに話し始めた。

「彼はどんな様子でした？」

「あの方は一種の統合失調症でしたね」

「そうすると、簡単には治癒しませんよね？」

「ええ、そのとおりです。そして白川さんは二重人格の症状もありましたし」

「二重人格ですか」

「そうなんです、ですから早期に退院は無理だったんです」

「しかし、院長の話では八年前に完治して、退院したとのことでしたが」

「……」

「どうなんですか？」

「このことはあまりお話ししたくないんですが」

「心配しないでください。秘密は必ず守りますから」

「……、白川さんに限らず、あの病院では治癒していない患者を退院させて、また新しい患者を入院させるんです」

「どうしてそんなことを？」

「恐らくそのほうが採算がとれるんでしょう。それに多くの患者が治癒したといえば病院の評判が良くなるでしょう」

「なるほど」

「あそこでは毎週、多くの患者が退院し、多くの患者が入院して来るんですよ」

「白川もそういう状態で退院していったんですか？」

「ええ、その日、泊まりの勤務で病院にいたんですが、夜中に黒いワゴンが白川さんを乗せてどこかへ出て行ったんです」

「どこへ行ったのか分からないんですか？」

「ええ、他の患者さんの退院もたいていは夜、ひっそりと出て行くんですよ。それに黒いワゴン車なんかうちの病院にはないんですよ」

「それは奇妙ですね」

「白川さんのときも私はなにも知らされていなかったんです。それで翌日調べてみたら、事前に退院届が出されていたんです。担当の私が知らない間にですよ」

「そうですか。ぜひ彼に会いたいので、退院後の住所を調べて頂けませんか？」

「……そりゃ、記録を見れば分かると思いますけど……」

「あの、教えて頂ければお礼はしますよ」

クニオは彼女の眼を見た。

「そ、そうですか。分かりました、やってみます」

彼女は躊躇いがちに返した。

彼女と別れて帰路のハンドルを握るクニオは、彼女が言った叫び声のことが妙に気になっていた。

紫紺に暮れた水平線ではクルーズ船の照明が華やかに輝いていた。

篠木看護師長からメールが届いた。そこには次郎の入院申込書に記された彼の現住所があった。それは先日訪れた鎌倉の更地の住所だった。

「やっぱりそうだ」

クニオがオフィスで呟いた。

「せんせ、どうしたんですか?」

繭子が訊いた。

「次郎はやはり鎌倉のあの場所に住んでいたんだ」

「そうだったんですね。そうすると、あの近くで起きた殺人事件の犯人の可能性が出てきましたね」

「そうなんだけど、彼は退院してあの家に戻ったのかどうか、いまどこにいるか、分からないね」

「そうですね、警察はそのへんのこと調べてないのかしら？　もう、ほんとグズなんだから」

18

その日、篠木は夜勤だった。

「篠木君、手術を手伝ってくれたまえ」

担当医が彼女に声をかけた。

「えっ、でも予定に入ってませんが」

「うん、院長の指示で急遽手術が決まったんだ」

「いつからですか？」

「夜だ」

彼女は手術に備え待機していたが、指示は来なかった。眠気を覚え始めた彼女が院内を見回ろうと立ち上がったとき、担当医がやって来た。

「手術は午後十一時からだ、頼むよ」

「はい……」

深夜に手術をするということは、またあれだな、と篠木は思った。

手術室に入ると、患者が上半身を起こした形で麻酔をかけられ、既に意識はなかった。

カルテには白川次郎の名前があった。

「では、始めるぞ」

彼女の他、若い研修医がアシスタントとしてついていた。担当医は毛髪を剃られた坊主頭に穴を開け、前頭葉の一部を切除した。

ロボトミーは人目を避け、深夜に実行されるのが常だった。

「よし巧くいった、ご苦労さん」

彼はマスクの奥で言った。

「お疲れ様です」

「あー、いつも言ってるとおり、この手術のことは口外しないように頼むよ」

担当医は彼女の眼を見た。

「分かりました」

彼女は緊張して答えた。

《この病院ではロボトミーを繰り返しやっているけど、いいのかしら？　精神神経学会では随分以前にロボトミーを禁止しているはずだけど。患者のために事実を公表したほうがいいのかしら？》

夜勤明けの彼女は帰宅すると、いつもどおりベッドに倒れ込んで眠りに落ちた。

彼女は見知らぬ河畔を歩いていた。昇った満月が煌々と辺りを照らし、風景を浮かび上がらせていた。黒々とした森を貫くように滔々と流れる川の音だけが彼女の耳に響いていた。

そのとき、後ろに人の気配を感じ、彼女は足を速めた。暫く歩いて立ち止まってみると、ひたひたと近づく足音が聞こえた。彼女が振り返ると、接近する男の影が見えた。

「うぉー！」

声とともに近づいてきた男の頭部が月光に照らされたとき、彼女は叫び声を上げた。

「きゃー！」

その男の前頭部は頭蓋骨が剥がされ、前頭葉が剝きだしになっていた。恐怖に駆られた彼女は月影の降る道を必死に走った。膝を震わせながら彼女が振り返ると、男が真後ろに迫っていた。次の瞬間、怖ろしい形相の男が伸ばした両手が彼女の頸に絡んできた。

「ぐわー」

彼女はベッドの上で飛び起きた。全身汗にまみれていた。

《あの男の顔はこの間ロボトミーを施術した患者さんだわ。その後あの人どうなったのかしら。時々深夜に気味の悪い叫び声が聞こえるけど、あれはやはりロボトミーのせいなのかしら》

いまの病院に赴任して以来、彼女はこの問題に悩まされていた。

19

ロボトミーを施術された後、次郎は再びカウンセリングルームで横になっていた。

「身体の力を抜いて、リラックスしてください」

前回と同じ分析医が言った。

「また、同じことをするんですか？」

次郎は訝しがった。

「そうですよ。落ち着いて、心を静めてくださいね」

「……」

「では、最初の質問です。あなたは人を殺したいと思ったことがありますか？」

彼女は同じ質問をし始めた。

「……あ、あります」

「では、第二の質問。あなたは女性を愛したことがありますか？」

「……」

「第三の質問。あなたは愛されていると感じたことがありますか？」

「……、分かりません」

「第四の質問。愛する女性に裏切られたとき、あなたはどうしますか？」

「とっちめたうえで、殺します」

彼は両手を力一杯握り締め、震えながら顔を紅潮させて答えた。

「第五の質問。あなたは母親を愛していますか？」

「あんな女を愛せるわけないでしょう」

「第六の質問。愛する人が殺されたら、あなたはどうしますか？」

「犯人を探し出して殺します」

彼は歯をくいしばり、額から汗が流れ出た。

「最後の質問です。愛する人を殺した犯人が刑期を終えて出所したらどうしますか？」

「会いに行って理由を訊きます」

「それからどうしますか？」

「どんな理由にせよ復讐のため殺します」

《いやだわ、なんてこと。この患者はロボトミーを施術したのに以前に増して凶暴化してるわ。凶暴性を取り除くための施術だったはずなのに》

分析医は困惑していた。ロボトミー後により凶暴化するなど過去に例のないことだった。

20

ある日、勤務を終えた篠木は病院の門を出て、薄暮の丘の路を下って行った。坂を下りきり、国道の横断歩道に足を踏み出した瞬間、疾走してきた黒いワゴンが彼女を撥ね上げてそのまま走り去った。彼女の身体は円弧を描いて空中を飛び、路上に叩きつけられ、頭から鮮血が流れ出た。

〈今朝、葉山海岸で女性の遺体が発見されました。遺体は篠木マキさん、菩薩精神病院の看護師長です。遺体には強い打撲痕があり、衣服には車の塗料のようなものが付着しており、車に撥ねられた後海に遺棄された模様で、警察は殺人事件として捜査を開始しました〉

「やられた！」

テレビでニュースを観たクニオは声をあげた。

「なんてこと」

繭子は絶句した。

「しまった、情報漏洩がばれたんだ」

「でも、それで殺されるなんて」

「こっちの考えが甘かったな。相手が上手（うわて）だったんだ」

《彼女を殺害するなんて、恐ろしい相手だ。僕が依頼して情報を漏洩させたんだから僕の責任だ。なんでこんなことになってしまったんだ》

彼は自身の軽はずみな行動で一人の女性の命が奪われたことで苦悶した。

「せんせ、元気出してください。まだ次郎は見つかってないんですよ」

落ち込んでいる彼を、繭子が勇気付けようとした。

「そうだね、悔やんでいても仕方ない。彼女のためにも目的を果たさないとね」


クニオと繭子は北鎌倉署を訪れていた。

「篠木さん殺害についてなにか手懸かりはあるんですか?」

クニオが訊いた。

「いま彼女を撥ねたと思われる車について調べてますよ」

担当刑事が答えた。

「車のこと、なにか分かってるんですか?」

繭子が訊いた。

「被害者の服についた車の塗料、それからタイヤ痕を詳しく調査しています」

「今度の事件は間違いなく菩薩精神病院が関わっています。そちらを調べたらどうですか?」

「言われなくても、もう当たってますよ。あの病院は以前から評判がよくないんですよ。入院患者が死亡したり、治癒しないまま患者を放り出すとか、いろいろ噂が絶えないんですよ」

「やっぱりそうですか」

「えっ、やっぱりって?」

「あ、いや、なんでもないんです。とにかく早く犯人を捕まえてください」

クニオはその場を繕った。

「いま、容疑者の特定を急いでいます。そう時間はかからないでしょう」

刑事は捜査に自信をもっている様子だった。


クニオと繭子はオフィスに引き上げてきた。

「犯人が逮捕されればなにか分かるかもしれませんね」

繭子がコーヒーを運びながら言った。

「うん、そうだな。病院の内部に捜査の手が入れば、次郎の行方の手懸かりがあるかもしれないね」

「刑事さんがあの病院の噂の話をしてましたけど、あの話が本当だったらおかしな病院ですよね」

「そう、次郎の隣家の住人が話していたように、次郎は拉致されて、無理矢理入院させられたんだ」

「そうだとすると、もう生きていない？」

繭子の表情が曇った。

「うーん、ありうるね、残念ながら」

クニオは腕を組み、唇を結んだ。

その夜、彼は寝つきが悪かった。眼を閉じていると、篠木マキの顔が浮かび、心の底から後悔の念が湧き起こってきた。

男は海沿いの国道を車で疾駆していた。やがて、幹線道路を外れ、山側の旧道へハンドルを切り、車がすれ違うのも難しい狭い路を低速で進んで行った。辺りは静けさに包まれ、路の両側は旧い家々が軒を連ねていた。

一軒の古風な造りの家の前に車を停めて、男が降り立った。男は黒装束で身を固め、頭にも黒のタクティカルキャップを被っていた。

男は静まりかえった家の門を潜り、裏庭へ回った。縁側から仄暗い中を窺ったうえでピンで錠前を開け、するりと廊下へ忍び込んだ。スニーカーの足で明りが漏れてくるほうへ進むと、キッチンで料理に勤しんでいる若い女の背中が見えた。その背中めがけて、男が近づこうとしたとき、彼女が振り向いた。真理子だった。

「きゃー！」

叫び声と同時に、男は女に平手打ちを喰らわせ、怯んだ彼女を床にねじ伏せた。両手両足を拘束して、彼女を庭に引きずり出した。

満天の星空の下に立った彼は、後ろ手に結束され横たわっている女を見下ろしていた。

「お願い、止めて」

彼を見上げる女の眼には恐怖の色が射していた。

男は彼女の叫びを気にすることもなく、無言でポリタンクから灯油を彼女の身体にかけていった。

「いやー、なにするの！」

全身が灯油に濡れたところで、ライターを取りだし火をつけた。一瞬にして彼女の身体は焔に包まれた。夜空を紅く染めて燃え上がった火が収まると、うずくまり、炭のように黒焦げになった彼女の肢体がそこにあった。

男はその肢体にロープをかけ、庭の中央に聳える棕櫚の巨木に吊るし上げ、満足気にそれを眺めていた。

「うー」

クニオはうなされて目醒めた。

《なぜあんな恐ろしい夢を見たんだろう。燃えていたのは見ず知らずの女性だけど、あの庭先はどこかで見たような情景だった……、そうだあれはこの前見に行った鎌倉の殺人現場だ。そうするとあの女性は……》

クニオの頭の中で夢と現実が交錯していた。焔の犠牲となった会ったこともない女性のことが気にかかっていた。

翌日、寝不足のクニオはオフィスでまどろみかけていた。

「せんせ、居眠りしちゃだめですよ」

繭子が声をかけた。

「あ、ごめん、ゆうべよく寝られなくてね」

「篠木さんのことを考えていたんですね？」

「うん、まあ……」

「ところで、せんせ、そのブレスレットどうしたんですか？」

「えっ、ああ、これかい？」

彼の左手にはいつもシルバーのイルカを象（かたど）ったブレスレットが光っていた。

「誰かのプレゼントですか？」

「いや、それがよく憶えていないんだ。プレゼントだとは思うんだけど」

「あら、怪しいわ。彼女からですか？　左手にしてると恋愛運が上がるっていいますわよ」

「そうなのかい？　だけど彼女なんかいないよ、本当に憶えていないんだ」

彼は照れ笑いした。

21

藺子はクニオとの出会いを思い出していた。

藺子は勤務していた商社のリストラの煽りをうけ、職を失っていた。そのときの苦い記憶が胸に張りついていた。

〈当社の厳しい業績に鑑み希望退職者を募集します。

対象は四十歳以上の男性社員、および総合職、事務職を含む三十歳以上の女性社員。
募集人数は合計百名。応募締切は来月末日まで。但し、締切前に募集人数に達した場合は募集を打ち切ります。
希望者は人事部人事課まで応募してください。
退職者には個別に勤続年数にもとづき早期退職インセンティブを支給します。

〈人事部長〉

予想もしなかった早期退職制度の発表に、彼女は困惑した。父親と同じ業界で働きたいと思っていた彼女は、大学を卒業すると中堅商社に入社した。部署は海外部門を希望したが、意に反して財務部に配属された。それでも部長秘書として充分な仕事をしてきたつもりで、チャンスがあれば海外部門へ異動したいと思っていた。

しかし、不況下、業容は縮小してゆき異動の希望も叶いそうになかった。そこに降って湧いたように知らされた希望退職だったが、予想以上の早期退職金に、彼女はひかれた。

将来に希望のない仕事を続けていても意味がないと、彼女は退職を決心した。

終業後、彼女は同僚の女性と会社近くのカフェにいた。

「実は会社、辞めることにしたの」

彼女が静かに口を開いた。

「えっ、ほんと？」

同僚は戸惑った。

「ええ、随分迷ったけど、いまのままじゃしたい仕事もできないから決めたの」

「そうなの？　思い切った決断ね、羨ましい」

「あら、どうして？」

「私なんか財務の知識しかないし、違った職に就く勇気はないわ」

「私だってそうよ。だけど一度しかない人生、やっぱりやりたいことをしなきゃ」

「そうよね。でもいま以上のお給料をくれるとこ見つけるの難しいしね……、いっそ結婚しちゃおうかな」

「えっ、そんな相手いるの？」

「いるわけないでしょ、これから探すのよ」

「なんだ、びっくりした、もう」

「繭子はどうなの、相手いないの？」

「いないわよ」

「でも結婚する気はあるんでしょう？」

「うーん、結婚にそんなに意欲はないわ、すごくいい人がいれば別だけど」

「そうね。転職も結婚も難しいというわけね」


すぐに転職活動に入ったが、希望条件に合う募集は容易に見つからなかった。何十社にも履歴書を送り、ようやく一社から面接依頼が来た。

その日、彼女は指南本で読んだ想定問答を頭の中で反芻しながら、自宅から車で面接会場へ向かっていた。


《読んではみたけど、あんな安直な指南本は役に立つのかしら？　面接なんて久しぶりだし、今度の面接はぜひ成功させたいけど、なんだか不安だわ》

一方、クニオは繭子との出会いを思い出していた。

クニオは四月のリサーチオフィスの開設に向けて多忙な日々を送っていた。その日、彼は車で恵比寿方面から代官山の新しいオフィスに向かっていた。鎗ヶ崎交差点で右折しようとしたとき、直進してきた車と接触した。

ＢＭＷを降りて相手の軽自動車を覗くと、若い女性が運転席でぐったりとしていた。彼はドアを開け女性の肩を揺すったが、眼を閉じたままで応えることはなかった。

「まずいな」

そう呟いて携帯で救急車を呼んだ。

「大丈夫ですか？」

彼が女性の頬に手を当て、介抱しているうちに救急車が到着した。

「どうしました？」

救急隊員が彼に訊いた。

「ぶつかった衝撃で気を失ったみたいです」

「直ちに搬送します。間もなく警察が来ますからあなたは事故処理に協力してください」

女性を乗せた救急車はサイレンとともに走り去った。

事故処理を終えた午後、彼は消防署に電話した。

「あの～、今日、代官山で交通事故に遭った女性の入院先を知りたいんですが」

「何時ごろでしょうか？」

「十一時ごろです」

「女性ですね、えー、その方なら広尾中央病院に収容されました」

彼は急いで病院へ向かった。

《彼女、大丈夫だろうか？　ぶつかってきたのはあっちの方なんだけど、打ちどころが悪かったのかな。無事ならいいんだけど》

いや増す心配を胸に、彼は病院の救急カウンターに着いた。

「その方なら一〇七号室ですが」

彼は受付嬢に教えられた病室を訪ねた。

「あの、お邪魔していいですか？」

女性はベッドに横になっていた。

「あら、どうぞ」

彼女は微笑んで彼を迎え入れた。

「大丈夫ですか？」

「ええ、頭を打って、軽い脳震盪を起こしたみたいですが問題ないそうです。念のため今日一日入院しなさいって、先生に言われました」

「そうですか、それはよかった」

「ほんとうにごめんなさい。私の不注意でぶつけてしまって」

「問題ないですよ、車もたいした疵じゃないから」

「そうですか、よかったわ。じつは今日は面接の予定があって、そのことを考えていて注意力散漫になってしまって」

「そうだったんですか。あの、まだお名前伺っていませんでしたね」

「そうでしたね、失礼しました。繭子と申します」

「僕はクニオです。仕事をお探しなんですか？」

「ええ、商社で秘書をしていたんですが、リストラされてしまったんです」

「そうですか、それは大変でしたね」

「いくつか面接も受けたんですが、いま秘書を採用する会社はあまりないんですよ」

「あの、僕はリサーチオフィスを立ち上げたところで、アシスタントを探しているんです」

「あら、そうなんですか。それならそちらで採用して頂けませんか?」

「では、履歴書など書類を用意してオフィスに来てください」

彼はちょうどいいタイミングで相手が現れた、と思った。


二日後、彼女が書類を携えてオフィスを訪ねてきた。

「ご家族は?」

クニオが訊いた。

「母は私が幼稚園のときに亡くなりました。姉がいたんですが、十年前に死にました」

「お父さんはご健在ですか」

「……」

「どうかしました?」

「父は失踪して行方不明なんです」

「そうなんですか、なにか失踪する理由でもあったんですか?」

「姉が亡くなってすぐ姿を消したので、それが理由だと思います。姉の死がよほどショックだったんでしょう」

「不幸が続いたんですね。いま一人で暮らしているんですか？」

「ええ、アパートで一人住まいです」

彼が眼を落とした履歴書には港区の住所があった。

《彼女は三十歳、けなげに一人で生活しているんだ。それにルックスも端麗だ。秘書としていいかもしれない》

彼は繭子が置かれている境遇とは裏腹に明るいこと、またお嬢さんぽい雰囲気が気に入っていた。

「このオフィスは来月からスタートする予定で準備中なんですよ」

「どんな業務なんですか？」

「まあ、主に会社の調査とか経営者の素行調査をしようと思ってます」

「面白そうですわね」

「興味ありますか？」

「ええ、おおいに」

「それでは、オフィスの準備もありますから明日から来られますか？」

「あら、採用なんですか？」

「はい、採用です」

「ありがとうございます、勿論、明日からお手伝いさせて頂きます」

　彼女は明るく笑みを見せた。


「せんせ、お昼寝タイムはもうお終（しま）いですよ」

「分かったよ。さあ、仕事、仕事」

　クニオはいつの頃からか左手にシルバーのブレスレットをしていた。思えば不思議なブレスレットだった。自分で買った憶えはなく、誰からのプレゼントなのか、またいつからしているのか、記憶は失われていた。しかし、身につけていないと、なんとなく不安を感じ、無意識のうちに、毎日手首に嵌めていた。

22

繭子は姉といっしょに海に来ていた。海開きがあった浜辺は多くの人出で賑わっていた。夏になると、彼女は二つ上の姉と海で遊ぶのを愉しみにしていた。

毎年このビーチには多くの若者が集い、酒を呑み、またアンプで大音量の曲を流していたが条例でそれらが禁止され、今年は静かな海水浴風景が見られた。

「あんまり沖に行っちゃだめよ」

姉の真理子が、砂浜を離れて泳ぎだした繭子に声をかけた。

繭子は肌に心地いい海に浮き、沖を目指して泳いでいた。物心ついたころから父親に連れられて海に親しんでいた繭子は泳ぎは得意だった。

泳ぎながら振り返ると、海岸沿いのレストランや建物が小さく見えた。背中が陽に焼かれ熱さを感じたとき、ふくらはぎがつった。咄嗟に彼女は水面下に身体を沈め、ふくらはぎを手で揉んだ。間もなく脚が回復し、彼女は砂浜に帰ってきた。

「脚がつっちゃって、驚いたわ」

微笑みながら、彼女が言った。

「だめよ、あんなに遠くに行っちゃ、危ないでしょう」

真理子が諭すように返した。

「お姉さんも泳いできたら?」

「私はいいわ、疲れるから」

「喉が渇いたわ、なにか飲みましょう?」

二人は近くの海の家に席をとった。

「私はオレンジジュース」

「コーラにしようかな」

繭子がメニューを見ながら言った。

「止めたほうがいいわ、太るわよ」

「あらいやだ。じゃぁ、ジンジャーエールにする」

ビーチを見おろす海岸通りのカフェで、この姉妹をずっと見つめている一人の男に、彼女らは気づいていなかった。

青空の高みに筋雲が浮かび、秋の到来を告げていた。

「ねえ、ハイキングに行きましょうよ」

繭子が姉に声をかけた。

「いいわよ、どこへ行くの？」

「そうね、文学館の裏から山道を登っていくのはどうかしら？」

週末、繭子と姉は文学館を見学したあと、裏山のハイキングコースを登り始めた。森の空気はひんやりとし、時折、涼やかな風が頬を撫でていった。

一時間ほど山道を登ると、視界が開けた山の頂上に到着した。遥か彼方には静かに広がるコバルトブルーの海が見渡せた。

「うわー、綺麗だわ」

手をかざして遠くを眺めながら、繭子が声を上げた。

「ほんと、ここは展望台として最適ね」

頂上をナイフで切り取ったような僅かな平面に置かれた木製のベンチに、姉妹は並んで座っていた。

「さあ、もっと歩きましょう」

身体を動かすことが好きな繭子が立ち上がった。

下りに差しかかった山道は段差があったり、木の根が張っていたり歩きにくかったが、彼女はなんなく下って行った。姉がその後を追っていると、足を滑らせた。

「あっ」

姉は声を出してその場にしゃがみこんだ。

「姉さん、大丈夫?」

「うーん、なんだかくじいたみたい」

姉は足首を押さえて苦痛の表情を浮かべた。

「あら、大変！　立てる?　お姉ちゃん運動してないからよ」

繭子は姉の手を引いて立ち上がらせた。

「あーっ、痛いわ、痛いわ」

「私の肩に掴まって」

繭子は姉を助けてゆっくりと下山した。

街中まで戻り、見つけた整形外科に入った。

「ねんざですね。なにをしていたんですか?」

初老の医師が尋ねた。

「山を下るときにひねったみたいです」

「そうですか。普段運動してませんね」

医師は繭子と同じことを言った。

「ええ、あまり時間がとれないんです」

「いけませんね、適度に運動しないと。さあ、これで大丈夫。一週間は激しい動きはしないように」

治療を終えて、足首に包帯を巻いた姉が診察室から出てきた。

「どう、歩けるかしら?」

繭子が心配顔で待っていた。

「ちょっと無理みたい」

その日、姉妹はタクシーで帰宅した。

姉妹の父親の博史はアメリカに出張していた。その日、彼はサンフランシスコ国際空港の到着ロビーを出たところで呼び止められた。

「部長、ようこそ」

到着客と迎え客の人混みの中に見慣れた若い駐在員の顔があった。

「よお、すまんね」

博史は笑顔を返した。

「出張、お疲れ様です」

二人は言葉を交わしながら、巨大な駐車場の二階へ向かった。広大な床には無数の車が並んでいた。

「えーと、どこだったかな?」

駐在員はメモを見ながら自身の車を捜した。

「おいおい、大丈夫か」

「あっ、ありました」

広大な駐車場では、自身の車を停めた場所の番号を控えておかないと車が迷子になってしまう恐れがあった。

午後の早い時間帯ということもあって、中心街へのフリーウェイは空いており、小一時間でオフィスに着いた。

オフィスの応接室で博史は駐在員と相対した。

「明日からの予定ですが、まずロスの客先を訪問して、その日はロス泊まり。翌日はさらに南下してツーソンに向かいます。その日のうちにソルトレイクシティに飛びます」

駐在員は事もなげに話した。

「やれやれ、いつもながらの強行軍だな」

「ええ、本社の部長にご同行頂ければ、こんな心強いことはありませんので」

駐在員は博史の来訪を待ち望んでいた様子だった。

翌朝、駐在員は博史をホテルでピックアップして、フリーウェイに入り南へ向かった。風のように疾走する車の窓からは、路の両側に立ち並ぶ灌木が見えた。小さな葉をつけ、痩せ細った灌木は乾燥した気候を想像させた。

ロスで一日目の仕事を終えた二人はホテルへ引き上げ夕食をとることにした。ホテルのレストランは大勢の客で賑わっていた。

「それでは乾杯しましょう」

駐在員が注いだビールで乾杯した。

「君は駐在何年目だい？」

博史が訊いた。

「いま三年目です」

「そうか、まだ帰国は先だな」

「そうですね、アメリカでの生活は快適ですからずっといてもいいくらいです」

駐在員は微笑んで答えた。

「そうか、若いうちは幅広く経験することが重要だが、この国はそれにはもってこいの風土だからね」

「そうですね、私もこの駐在期間にいろいろ勉強しようと思ってるんです」

「ところで君は結婚してるのかな？」

「まだ独身です。まあ、こんな状態だと結婚なんて考えられません」

二十代後半の彼は独身生活を愉しんでいる様子だった。

「そうだな、君はまだ若いから焦ることもないね」

「部長のお子さんは？」

「うん、娘が二人だ」

「そうですか、そりゃ愉しみですね」

「まあね。だけど、いつも出張で不在の父親だからね、こっちも大変だったけど、娘たちも苦労したと思うよ」

「娘さん、おいくつですか」

「姉は大学生で、妹はまだ高校だ」

「それならお父さんとしては、もうひと頑張りしないといけないわけですね」

「そういうことだ」

微笑んだ博史の頭を娘たちのことが過(よぎ)った。


翌朝、彼らは空路ツーソンへ向かった。ツーソンは砂漠の街だ。空港から市内へ向かうフリーウェイから見える景色は、一面褐色の砂漠と緑の椰子の並木だった。

市内で仕事をすませ、ホテルに引きあげてきた博史は、あまりの暑さのため疲れを覚え、駐在員をバーに誘った。

「いや、暑いね」

陽はまだ高く、バーの窓は眩しく輝いていた。

「ここは乾燥してますしね、なにか飲まないとたまりませんね」

駐在員は頷いた。

「乾いた空気に相応しいマルガリータにしようか」

「私はテキーラサンライズにします」

博史が運ばれてきたマルガリータを舌の上に乗せると、テキーラ独特の香りが口一杯に広がった。駐在員も鮮やかな色をしたカクテルグラスを口に運んだ。

「南部に来たらやっぱりテキーラだね」

「そうですね、これで生きかえりますね。部長はどうして商社マンになろうと思ったんですか？」

「とくに商社を目指したんじゃないんだ。海外へただで行ける職種を探していたら結局、商社になったんだ」

「海外に興味をお持ちだったんですね」

「君たちの世代は海外が珍しくもなんともないだろうが、僕らのころはまだ海外旅行が珍しかったからね、海外への憧れがあったんだよ」

「そうですか、じゃあ、希望を実現されたということですね」

「まあ、そういうことになるかな」

「よかったじゃないですか」

「ところがひとつ誤算があったんだ」

「ほう、それはなんですか？」

「妻が急死してね、そのとき娘たちはまだ小さくて、育てるのに苦労する羽目になってね」

「そうだったんですか。それでも娘さんたちを立派に育て上げられたんですね」


週末、姉妹は二人きりで過ごしていた。窓の外には木枯しが吹き、傾いた陽が部屋の奥まで射し込んでいた。

「お父さんはまたいないのね」

藹子が言った。

「このところ忙しいみたいだわ」

「外に出るのも寒いし、今日はうちでご飯つくりましょうよ」

「まあ、藹子は料理できないでしょ？」

「だから、教えてちょうだい。お姉ちゃんは来春には卒業だし、就職したら忙しくなるから、いまがラストチャンスでしょ？」

「まあ、ちゃっかりしてるわね」

「そうだ、材料あるかしら？」

「あるわよ、週末の分まで買ってあるから」

「さすが、お姉ちゃん」

「牛肉があるからミラノカツにしましょうか？」

「いいわね、そうしましょ」

料理はほとんど姉がつくり、藺子は姉の指示どおり動いていた。

「出来はどう？」

「美味しいわ。ねえ、せっかくだからお父さんのワイン呑んじゃおうか？」

「えーっ、大丈夫かしら？　あれってヴィンテージものよ」

そのとき、電話が鳴った。

「あー、藺子か？」

「えっ、お父さん」

「そうだ、おまえたち、ちゃんとやってるか？」

「大丈夫ですよ、もう慣れてますから」

「真理子はいるのか？」

「はい、いま替わります」

「もしもし、私です、いまどこですか？」

「シドニーだよ、ひと仕事終わって、お前たちのことが気になってな」

「私たちは問題ありませんよ、安心してお仕事してください」

「そうか、それならよかった。そうそう、よかったらあのワイン呑んでもいいからな」

「いやだ、お父さん見てたんですか？　もう二人でやってますよ」

「そんなことだと思ったよ。来週には帰るから繭子のこと、頼むよ」

微笑む父親の表情が見えるようだった。

「分かりました」

一週間後、帰国したときに真理子が死んでいようとは、父親は夢にも思わなかった。

23

葉山のひき逃げ事件の捜査は進展していた。

「主任、目撃者が現れました！」

刑事が声をあげた。

「そうか、すぐに事情を聴いてくれ」

目撃者の証言で、篠木看護師長を撥ねた車は菩薩精神病院の所有であることが判明した。

「ようし、ガサ入れだ」

主任刑事の指示で病院の家宅捜索が行われることになった。患者への虐待などの疑惑もあったので、車のみならず、病院全体にわたり入念な捜索が行われた。結果、手術器具をはじめ多くの医療機器が押収された。

県警本部から医療捜査の専門刑事が呼ばれ剣持院長の事情聴取が行われた。

「先生、あなたの病院ではロボトミーの施術をしていますね？」

刑事が尋ねた。

「ロボトミーは原則禁止されていますから行っておりません」

剣持は白髪混じりの豊かな鼻髭を撫でて、落ち着いた声で答えた。

「それはおかしいですね、病院からロボトミーに使用したと思われる手術器具が見つかっているんですがね」

　刑事は押収され透明なビニール袋に入った手術器具を机に置いた。

「用具があったからといって施術したとは限らないでしょう」

　剣持はあくまで否認した。

「それに患者さんを虐待しているという情報もあるんですが、いかがですか？」

「うちは患者を救うために治療してるんですよ。そんな馬鹿なことがあるはずないでしょう」

「それに、退院した患者が行方不明になるケースもあるようですが、この点はどうですか？」

「治癒して退院した患者のことまでは分かりません」

　彼はひと昔前に精神神経学会で異端とされたロボトミーを最後の有効な治療法と信じていた。いくら抗精神薬を投与しても効果のない患者には他に有効な手段はないのが事実だった。

「そうですか、ま、いいでしょう、これから病院のスタッフと患者さん一人ひとりに事情を聴きますから、おっつけ事実が分かるでしょう」

剣持は口を固く結び、正面を見据えていた。

「事実は私の味方をしてくれるでしょう。帰ってもよろしいでしょうか？　もうお話しすることもありませんし」

聴取をしていた二人の刑事は顔を見合わせた。

「いいでしょう、今日のところはお帰りください。また必要なときにはお呼びしますのでご協力ください」

刑事は嘆息交じりに剣持の後ろ姿を見送った。

「あのたぬき医者め、あくまで否認する気だな、ネタは挙がっているというのに」

刑事が口惜しげに言った。

「しかし、まだ決め手になる証拠がありませんね」

もう一人の刑事が返した。

「そうだな、証人でも見つかればいいんだがな」

「退院した患者に当たってみますか？」

「うむ、そうしよう」

早速、刑事が退院患者のリストをチェックしていると、白川次郎の名前が眼に入った。

《これはたしか、あの探偵が探している人物だ。ここに入院して、既に退院していたんだ》

剣持は病院へ帰ってきた。家宅捜索後の閑散とした病院内を見ると、過去の患者のことが思い出された。

24

「院長、この患者を退院させようと思うんですが」

桐山が持参した白川次郎のカルテを院長に見せた。

「この患者か、ロボトミーの効果も出なかったな、もう治癒する可能性はないだろう」

院長はカルテを一瞥して応えた。

「それでは、いつもの処理でよろしいでしょうか」

「うむ、それで頼むよ」

その夜、桐山が次郎の部屋に入ってきた。

「さあ、起きなさい、もう退院ですよ」

「急に、退院だと、どういうことだ」

睡眠薬で眠らされていた彼は気だるそうに身を起こした。

「あなたは新しい人格に生まれ変わったんですよ」

「新しい人格？」

「そのとおり。ここでの手術が成功して、過去と決別できたのです。なにか思い出せますか」

「……」

「そう、それでいいんです、あなたは新しく生まれかわったんだから過去の記憶がなくていいんです」

「これから僕はどうすればいいんだ」

「安心しなさい、準備はできているよ。これがパスポート、免許証、それに保険証だ」

次郎は差し出されたものを凝視していた。

「こ、これが僕の……」

「そうだ、それじゃあなたの生活の場へ送り届けてあげよう」

次郎はふらつきながら、白衣の男たちに抱きかかえられて黒いワゴン車に乗せられた。

「それじゃ、お元気で」

桐山が見送る中、ワゴン車は病院の正門を出ると、猛スピードでどこへともなく走り去った。

翌朝、桐山が院長室へ報告に来た。

「予定どおり処理しました」

「そうか、問題はなかったかな?」

剣持がデスクで訊いた。

「はい、抵抗することもなく、素直に行ってくれました」

「それはよかった。それで次に処理すべき患者がいるから、また頼みますよ」

剣持は不気味に微笑んだ。

「分かりました。ところで、院長、警察のほうは大丈夫でしょうか?」

「ふっ、ふっ、なんの証拠も挙がらないだろう、心配することはない」

彼は自信あり気に答えた。

次郎には入院以来様々な治療が施された。しかしカウンセリングに続く薬物治療も効果を発揮せず、最後の手段としてロボトミーが行われた。一回目の施術では、過去の忌まわしい記憶が醸成した隠れた凶暴性を消去するため、前頭葉の一部が切除された。

しかし、その後の経過観察で効果がないことが判明した。

《彼の精神は複雑に丸められた毛糸の玉のようだ、修復することは無理だろう。原因は分からないが蓄積された不幸な記憶を切除するほかないだろう》

剣持は新たな人格を形成すべく、次郎の脳の側頭葉の切除を決断したのだった。

次郎は仄暗さの中で眼醒めた。重い身体を起こし、カーテンを開けると、窓の外には薄曇りの街並みが広がっていた。

彼は両腕を上げ、掌を見つめた。次に腰をかがめ、手で両脚を触ってみた。

《身体はあるが、なんだか自分の体という実感がない。それに頭の中は空っぽだ。なにも思い出せない。一体どうしたんだろう？》

彼の過去は記憶部位の切除により大部分が消されており、自身が何者でどういった人生を刻んできたのかすら思い出せなかった。

部屋の隅の机のうえに置かれたパスポートを見ると、そこには見知らぬ名前があったが、写真は彼自身だった。聞いたこともない名前を見ていると、彼は体内に不思議な力が漲ってくるのを感じていた。

陽が昇ると、生まれ変わった彼は部屋を後にし、どこへともなく出かけていった。

クニオと繭子は呼ばれて、北鎌倉署に来ていた。

「白川次郎さんを探してましたよね?」

刑事が口を開いた。

「ええ、なにか分かったんでしょうか?」

クニオが返した。

「菩薩精神病院を全面的に家宅捜索しました。それで事態が明らかになりました」

「どういうことでしょう?」

「あの病院は不当に患者を入退院させて、荒稼ぎしていました。もっと驚いたことに、精神神経学会で禁忌とされているロボトミーをやっていたんですよ」

「ロボトミー？」

「ええ、投薬で改善しない患者に対して脳の切除手術をしていた疑いがあるんです」

「そうすると患者はどうなるんです？」

「専門家に聞いたところ、病気が改善するどころか人格が変わってしまったり、ひどい鬱病になったり、発狂して凶暴になる恐れがあるそうです」

「そうなんですか。それで、次郎が入院していた記録があったんですか？」

「ありました。彼は二年近く入院していましたが、病状が改善せず、その後、ロボトミーを施術されたようです」

「そうだったんですか。それで、いまの居場所は分かるんですか？」

「残念ながら掴めていません。八年前に退院手続がとられており、行き先は不明です」

「病院関係者は知ってるんじゃないですか？」

「ええ、取り調べでその点も追及したんですが、院長も関係者も知らないの一点張りで口を割らないんですよ」

「でも、家族には連絡をとってるんじゃないですか？」

「実はロボトミーを受けて退院した患者は何十人もいるんですが、いずれも家族に連絡をとらず行方不明になっているんです」

「ひどい病院ですね、それで次郎の所持品などはないんですか？」

「たいしたものはありませんでした。着替えと、それにこのブレスレットが残っていました」

刑事が机にブレスレットを置いた。それはシルバーのイルカを象ったものだった。

「……、こ、これは」

クニオはブレスレットを凝視し、言葉が出なかった。

「どうしました」

「これは僕がいつも身につけているものと同じだ」

彼は左手首を上げてみせた。

「ほんとだ、同じですね」

刑事がブレスレットを一瞥して言った。

ブレスレットを見つめるクニオの顔は蒼ざめていった。

《次郎の持っていたブレスレットと同じものを僕が持っているのはどうしてだろう？　どうしてこのブレスレットが僕のものになったのかさえ分からない》

暗い倉庫に男が横たわっていた。手足を縛られぐったりとして、頭からは血が流れ出し、弱々しく息を吐いていた。辺りには灯油の臭いが立ち込めていた。

「お前はこれから死ぬんだ。焔に捲かれて、あっという間に黒焦げになるんだ。どうだ愉しいだろう？」

どこからともなく声が届いた。

「だ、誰だお前は。なにを言ってるんだ。早く縄を解くんだ！」

声を絞り出したのは青柳だった。

「なにを言っても遅い、もうやることに決まってるんだ」

「なんだと、なにをすると言うんだ！」

《なんだこの情景は、あの声は誰なんだ、それに青柳という名前はどこかで聞いた気がす

るけど……、これから何が始まるというんだ》

「これが分かるか？　そうだマッチだ。灯油塗（まみ）れのお前の身体に火をつければ総てが片付くんだ」

上方から火のついた一本のマッチがふわりと落ちてきて、青柳の身体は一瞬にして焔に包まれた。

《な、なんてことだ、こんな酷いことを》

間もなく焔が収まると、黒焦げのひとがたが姿を現した。辺りには焦げ臭さが漂い、天井の一部がまだ燃えていて赤い火がちらちらと見えていた。やがて消防車のサイレンが遠くから聞こえてきた。

身に覚えのない衝撃のシーンが次々とクニオの頭の中を巡っていた。しかし、青柳という名前だけはクニオの脳裡にこびりついていたが、それが誰なのか、彼はどうしても思い出すことができなかった。

気がつくと、彼は小高い丘の道を登っていた。頂上に着くとそこは公園で、ヒマラヤ杉の巨木の下に置かれた木製の旧いベンチに高校生が座っていた。近づくと、彼が微笑んで手を振った。見憶えのある顔だったが、誰かは思い出せなかった。

《あの丘はどこなんだろう？　わけもなく懐かしく感じるのはなぜだろう？　それにあの高校生は……、うーん、思い出せない》

午後の柔らかな陽光で満たされた部屋が映し出された。ガラス戸の向こうには、寝床で若い男に抱かれて陶然としている中年の女性の姿があった。女は男と言葉を交わしているようだったが、声は届かなかった。

《あの気だるい表情の女の眼は深い満足を感じている眼だ。あの男に慣れ親しんで心を奪われ、すっかり隷属させられている。あの女の面影はどこかで……》

大型漁船は荒波に翻弄されていた。迫り来る山のような大波が白い船体を呑み込んだと見えた次の瞬間、船首が不死鳥のように波頭を突破し、船体は波の谷間に落ちていった。

ブリッジでは懸命の操船が行われていた。

「次の波が来るぞ、構えろ」

船長の指示でブリッジの全員が両足を踏んばり、ハンドレイルを握り、揺れに備えた。

「面舵一杯！」

船体を迫り来る波に向かって立てるため、船長が操舵士に指示を飛ばした。

「おもかーじいっぱーい！」

操舵士が復唱して舵輪を大きく回した。

そのとき、大波が船首を呑み込んで襲いかかってきた。船体は巨大な波の頂上に登ったかと思うと、波の谷底へ一気に滑り落ちていった。

「ようし、乗り切ったぞ」

操舵士の後ろで漁労長が声を上げた。

降りしきる雨の中、ブリッジの窓には彼の精悍な顔が映っていた。

「また、次が来るぞ、取舵三十度！」

船長から再び指示が飛んだ。

「とりかーじさんじゅうーど！」

操舵士が復唱した。

船体はこの大波も乗り切った。

「旨くいきましたね」

漁労長が船長を見た。

「おう、なんとかいけそうだな」

クニオの眼前に嵐が展開していた。大型漁船は預言者のご託宣を信じたかのように、大波に挑みながらひたすら暗黒の海を進んでいた。

《あの船のブリッジに見えた漁労長の顔には見憶えがあるんだけど、どこで会ったのか思い出せない》

徹の死と敬次の眼が不自由になったことが契機になり、由紀は精神の安定を失い錯乱状態へと堕ちて行った。

深夜、彼女は家を出て海岸へ向かって歩いていた。岸壁から見える暗く沈む海はあらゆる物を呑み込んで葬り去るように感じられた。信じられない速さで、彼女は海風に髪をなびかせながら歩みを進め、堤防を過ぎ桟橋に着いた。桟橋の突端には紫紺の夜空を背にした白い灯台が聳えていた。暫く立ち止まった後、再び歩みを進め灯台の階段を登り始めた。螺旋階段を一歩一歩踏みしめるように高度を稼ぎ、ライトが設置された最上階に着くとドアを開け、展望回廊へ足を踏み出した。眼下の漆黒の海が口を開けて待っているように思え、彼女はその誘惑に敵わず、海に身を投じた。

《あの自殺を図った女性は誰だろう？　たしか次郎の母親は自殺したと敬次さんが言っていたが、あの女性がそうなんだろうか……》

彼は懸命に記憶の糸を手繰ろうとするが、もう一歩のところで、まるでビデオが終わるように記憶がぷっつりと途絶え、過去への扉は閉ざされた。

どうしても気になる過去への扉を潜り抜けたい彼は、懸命に記憶を取り戻そうとしたが、烈しい頭痛に襲われた。額の内側に激痛が走り、閃光が両眼を蔽い、気を失った。

携帯が鳴っていた。

「うー」

深い淵から意識が浮かび上がり、朦朧とした頭でクニオが電話に出た。

「はい」

「あっ、せんせ、どうしたんですか？　もう十時過ぎてますよ、今日はお休みですか？」

繭子だった。

「うん、あー、体調不良でね、一日休ませてくれないか？　電話番頼むよ」

「分かりました、お大事に」

電話が切れた後、彼は再び意識を失った。


月夜の公園で、誠二は男と対峙していた。

「なんの話だい」

「お前、真理子に言い寄ったそうだな？」

男が言った。

「なに言ってんだ、そんなことないさ」

「隠したってだめだ。お前がうるさく誘ってくるけど、どうしたらいいのかって真理子から相談されたんだ」

「そりゃ会ったけど、無理に誘ったわけじゃないさ」

「真理子はそうは思ってなかったぞ。それに人の女に手を出すとはどういうことだ」

「真理子はお前の女なのか？」

「そうだとも、ずっと付き合ってるんだ。お前みたいに気まぐれで声をかけたわけじゃない」

「僕だっていい加減な気持ちで彼女を誘ったわけじゃない」

「高校時代のことを憶えてるか？　青柳をやっつけるために絢子を利用しようとして失敗したじゃないか。あれはいい加減じゃないのか？」

「いや、あれはついてなかったんだ。恵美子がたまたま目撃者になったからさ」

「いいわけは聞きたくない、お前を赦さない」

男の右手にはサバイバルナイフが光っていた。

「なんだと、どうする気だ」

誠二は一瞬、身構えた。

男は頭を低くして誠二に突進した。

「ぎゃー」

ナイフが彼の腹部に刺さり、鮮血が飛び散った。

呻きながらうずくまった彼の横顔を月影がほのかに照らしていた。

《どうしたことだ、誠二は殺されていたのか？　真理子を巡ってのことのようだが、そうすると、あの男は……》

満天の星空の下、男が黒く焦げた手首からブレスレットを外し、自身の手首に通した。彼は黒い塊となった真理子の身体をロープで棕櫚の巨木の頂点に吊り上げ、その塊を眉をつりあげて見上げていた。辺りには焦げ臭い空気が漂っていた。

暫く眺めた後、このうえなく哀しい表情になり、踵を返すと庭から姿を消した。

《あのブレスレットは僕のものとそっくりだ。だけど、僕のブレスレットはどこから来たんだろうか？　誰かからプレゼントされた憶えもないし、自分で買った記憶もない、ある日、気づいたら手首にあった。それにあの男、顔は見えなかったが、一体誰なんだ？　うーん、あのシーンは……》

クニオはまた烈しい頭痛に襲われ、苦悶の表情を浮かべた。

「うー」

苦痛に呻いていると、玄関チャイムが鳴った。

身体を引きずりながら、彼はインタフォンに出た。

「せんせ、私です、大丈夫ですか？」

「ああ、繭子ちゃんか、ま、入りなさい」

二人は居間のソファで相対した。

「汗かいてるじゃないですか、はい、これ飲んでください」

繭子はグラスに水を注いできた。

「ありがとう、ちょっと変な夢を見ちゃってね」

「あら、そうですか、私もせんせいの夢を見たんですよ」

「へー、どんな夢かな？」

「せんせいが人を殺す夢ですよ」

「えっ、なんだって？」

「せんせいは気がついていないかもしれませんが、これまで何人もの人を殺してきたんですよ」

「そ、そんな馬鹿な、そんなことあるはずがないじゃないか！」

「そんなに仰るなら説明してあげましょうか？」

「うん、説明してみなさい」

「せんせいは高校生のとき青柳先生を焼き殺しましたね？」

「青柳先生？　誰だそれは、そんな人知らないよ」

「いえ、知ってるはずです。なぜならせんせい自身が、探している次郎だからです」

「なんだって？」

「せんせいは菩薩精神病院でのロボトミーで脳の一部が切除され、過去の記憶を失い、人格も変わってしまったんです。自分の女に手を出した誠二さんが赦せなくて、彼を殺して埋めたのもせんせいです」

「……」

彼は無言で苦渋の表情を浮かべた。

「そして、恋人の真理子も無惨にも焼き殺した。真理子は私の姉なんですよ」

繭子は両眼一杯に涙をため、悲壮な声を絞り出した。

「な、なんだって？　君は真理子の妹なのか。き、君はそれが分かってて僕に近づいたのか」

「いいえ、車が衝突したのはまったくの偶然です」

「じゃあ、どうして僕が次郎だなんて思うんだ？」

「ブレスレットですよ、せんせいがいつも身につけているそれ、せんせいが姉にプレゼントしたものなんですよ。せんせいは二つの同じブレスレットのうちひとつを姉にプレゼントし、もうひとつを自分の身につけていたんです」

「こ、これが……」

彼は手首に輝くシルバーのブレスレットを見つめた。

「姉はそれをもらったとき私に見せてくれて、とっても喜んで次郎さんに愛されているって感じてたんですよ」

「僕にはそんな記憶が……」

「私がブレスレットに気がついた頃、クニオさんに犯人の捜索を依頼したって、行方不明の父から連絡があったんです」

「依頼主のアビスはお父さんだったのか」

「ええ、そうです。それに鎌倉の事件発生場所は私の実家なんです。せんせいと一緒に行ったとき、それが分かって驚きました」

「まさか、そうだったのか」

彼は俯き、唇を噛んだ。

「あんな優しい姉を殺すなんて赦せないわ、覚悟しなさい」

右手に鈍く光っていた刺身包丁を振りかざして、彼女はクニオに襲いかかった。

「おい、なにするんだ、止めるんだ！」

彼が叫んで立ち上がろうとしたとき、包丁が彼の胸深く突き刺さった。

「うわー！」

クニオは覚醒した。ベッドの上で彼は全身汗まみれだった。

「この罪を、僕はどう償えばいいんだろう」

そう呟いた彼を、射し込んだ蒼い月影が包んでいた。

（了）

著者プロフィール
藤 達哉（ふじ たつや）
大阪府生まれ。同志社大学卒。大手商社の海外部門勤務を経て人材コンサルタントを経験。

リサーチャー クニオ

2024年２月15日　初版第１刷発行

著　者　藤 達哉
発行者　瓜谷 綱延
発行所　株式会社文芸社
〒160-0022　東京都新宿区新宿1－10－1
電話　03-5369-3060（代表）
03-5369-2299（販売）

印刷所　株式会社フクイン

©FUJI Tatsuya 2024 Printed in Japan
乱丁本・落丁本はお手数ですが小社販売部宛にお送りください。

送料小社負担にてお取り替えいたします。

本書の一部、あるいは全部を無断で複写・複製・転載・放映、データ配信することは、法律で認められた場合を除き、著作権の侵害となります。

ISBN978-4-286-24978-0